Daniel Jurecks

Party, Party und Prädikatsexamen

Daniel Jurecks
Party, Party und Prädikatsexamen

www.praedikatsexamen.de

Herstellung und Verlag: Books on Demand GmbH, Norderstedt
ISBN-10: 3-8334-5528-4
ISBN-13: 978-3-8334-5528-5

Für die Combo
und
meine kleine Schwester

INHALT

VORWORT

Lieber Kollege, Kommilitone, Leidensgenosse oder der, der Du es (warum auch immer) noch werden möchtest, ich gratuliere Dir zu dieser hervorragenden Idee, mein Buch gekauft zu haben.

Soweit Du weiblich bist und vielleicht nicht nur emanzipiert, sondern von der sprachlichen Vergewaltigung des mittlerweile üblichen ‚liebe/r Leser/in' auch verwöhnt, muss ich Dir gleich sagen, dass es derartiges in diesem Buch nicht geben wird. Selbstverständlich freue ich mich dennoch, Dich hier begrüßen zu dürfen. Obwohl ich nicht ganz verstehe, warum Du dieses chauvinistische Buch gekauft hast.

Aber wahrscheinlich hast Du es gar nicht gekauft, sondern von jemandem geschenkt bekommen. Du hattest Geburtstag oder es war Weihnachten und ein Bekannter, ein Freund oder ein Verwandter befand sich in der bedrückenden Situation etwas schenken zu müssen. *Schenken-müssen* – eine Erfindung des *Socialising* und *Networking*. Schenken ist nicht mehr durch den Wunsch jemanden zu erfreuen gelenkt, sondern weil es erwartet wird. Meistens, manchmal jedenfalls.

Der Schenken-Müsser hat sich in seiner 30-Minuten-Mittagspause auf den Weg gemacht um ein Geschenk zu kaufen. Schenken-Müssen ist schwer. Ein Süßigkeitenladen war in der Nähe. Und ein Musikgeschäft. Selbstverständlich auch eine Buchhandlung. Buchhandlungen gibt es überall. Fraglich, wie lange diese neben den Online-Versandhändlern noch ihre Existenzberechtigung erfolgreich verteidigen können. Also, der Schenken-Müsser zog los und dachte nach. Ganz kurz natürlich nur, denn die Mittagspause ist schnell vorbei und Zeit zum Essen musste ebenfalls noch verbleiben.

Süßigkeiten sind nicht gut. Wahrscheinlich bist Du ohnehin übergewichtig oder Du hältst Dich zumindest dafür. Wie fast alle Leute in unserer Wohlstandsgesellschaft. Musikgeschmack hast Du nicht. Oder der Schenken-Müsser geht davon aus, dass Du Dir den neuen *BRAVO-Sampler Nr. 167* bereits selbst gekauft hast, beziehungsweise ein anderer einfallsloser Schenken-Müsser auf diese Idee kommen wird. Es wäre schon peinlich, wenn zwei Schenken-Müsser das gleiche ich-habe-nichts-persönliches-gefunden-und-es-ist-mir-eigentlich-auch-scheißegal-Geschenk auf den Gabentisch legen.

Aus diesem Grund: Buchladen. Bücher haben, obwohl in der Zeit der gnadenlosen Elektronik ein Relikt aus dem vorvorherigen Jahrhundert, immer noch einen Hauch von Intellektualität. Geschriebenes wird gerne verschenkt. In Deutschland werden derart viele Bücher verkauft, dass jeder Deutsche 30 Stunden am Tag lesen müsste – statistisch, versteht sich.

Unterstehe Dich, das in Deinen Händen liegende Buch wie Deine letzten drei Büchergeschenke ungelesen ins Regal zu stellen. Ich habe Tage und Nächte damit zugebracht, dieses Cover mit Inhalt zu füllen. Zumindest liest Du das Vorwort. Du bist auf dem richtigen Weg.

Die Bücher *Das Auto mein Hobby*, *Das Pferd mein Hobby* und *Der Garten mein Hobby* stehen wahrscheinlich bereits in Deinem Regal. Es ist schließlich nicht Dein erster Geburtstag.

Vielleicht hast Du auch kein Auto oder Pferd oder Garten oder anderes offensichtliches Hobby und selbst dem eiligen Schenken-Müsser fällt das in dem Moment in der Buchhandlung ein.

Welch ein Glück, dass Du jetzt Jura studierst oder demnächst damit beginnen möchtest! Das ist vergleichbar mit dem Chef, der sich einen Hund gekauft hat. Die Angestellten wissen endlich, was sie ihm zu Weihnachten schenken können: Hunde-Accessoires, Hunde-Bücher, halt Hunde-Kram.

Naheliegend, dass der Blick des Schenken-Müssers auf dieses Buch gefallen ist. Es prangt *Jura* auf dem Cover und dennoch klingt es irgendwie lustig, nicht so verkrampft wie die anderen Bücher auf denen Jura steht. Prima! Der Schenken-Müsser kauft es und freut sich. Er hat in wenigen Minuten ein passendes Geschenk gefunden und kann endlich seine wahre Mittagspause angehen.

Wie man sieht, hat er nicht einmal das Vorwort gelesen.

Vielleicht erhältst Du dieses Buch dennoch doppelt, ebenso wie Du zwei Exemplare der neuen *BRAVO*-CD von zwei anderen Schenken-Müssern bekommen hast, die sich für den Musik- und nicht den Buchladen in ihrer Mittagspause entschieden haben. Das macht jedoch überhaupt nichts, denn es ist besser, wenn ich die doppelte Kohle verdiene als *EMI* oder *BMG* oder wer auch immer diese *BRAVO*-CDs herstellt. Die hätten dann sogar dreifach verdient, weil Du ohnehin schon zwei mal die neue *BRAVO*-CD bekommen hast. *Das* wäre wirklich nicht in Ordnung.

Wie auch immer: Herzlich willkommen in diesem Buch!

Daniel

Party, Party & Prädikatsexamen interaktiv gibt es unter

WWW.PRAEDIKATSEXAMEN.DE

Bei Lob und positivem Feedback ist eine Email an **daniel@praedikatsexamen.de** willkommen.

Kritik bitte direkt an **spam@praedikatsexamen.de** senden.

UNI-BEWERBUNG

Geschafft, das Abitur, die Allgemeine Hochschulreife, der Schlüssel für das weitere Leben lag in meinen 19-Jahre alten Händen. Nach 13 Jahren bösester Lehrer und ewig frühen Aufstehens. Endlich!

Die Zeit nach dem Abi ist wunderbar. Eine wahnsinnige Erleichterung. Das Glücksgefühl ein völlig freier Mensch zu sein, dem das Leben mit all seinen Möglichkeiten zu Füßen liegt.

Unser Abisemester einigte sich auf eine neuntägige Abifahrt an den Plattensee bei Balatonfüred, Ungarn. Strand, Party und recht günstig. Schon auf der zwölfstündigen Hinfahrt mit der Bahn ging es heiß her. Zum Glück konnte man im Zug die Fenster öffnen und so die leeren Flaschen entsorgen. Waggons wie auf der Rückfahrt mit verschlossenen Fenstern hätten uns den sicheren Bierflaschen-Erstickungs-Tod beschert.

Abifahrt ist ganz wichtig – für das anhaltende Gemeinschaftsgefühl, um die gemeinsame Leidenszeit anständig abzurunden und besonders als letzte Chance, die in den letzten Jahren aufgestauten Möchtegern-Affären auszuleben. Auch das begann bei Einigen schon kurz nach der deutschen Grenze.

Von der hemmungslosen Drugs-Sex-and-Rock'n'Roll Abi-Feierei zurückgekehrt holte uns langsam aber sicher der Alltag mit all seinen elendigen Verpflichtungen wieder ein. Für die

Meisten stand die Frage der Lebensplanung für die nächsten Jahre im Raum. Natürlich hatte man sich mit Überlegungen zu Studium, Lehre und sonstigen Berufsalternativen Zeit bis eine Woche vor Anmeldeschluss der ZVS (*Zentrale Vergabe Stelle* für viele Studienfächer) gelassen und war jetzt sehr im Stress.

Für mich war die Entscheidung allerdings einfach. Im Alter von 12 Jahren hatte ich einen alten Strafgesetzbuchkommentar geschenkt bekommen und mich daraufhin ganz spontan entschlossen entweder Jurist oder Zuhälter zu werden. Zuhälterei konnte man auf dem ZVS-Anmeldeformular nicht ankreuzen und so wählte ich Rechtswissenschaften mit der Gewissheit für jeden meiner beiden Traumberufe später gut gerüstet zu sein.

Manchmal ist Jura ein Numerus-Clausus-Fach und manchmal nicht. Warum? Keine Ahnung! Ob es da überhaupt ein System gibt? Wahrscheinlich sitzt irgendwo ein überbezahlter Superbürokrat und würfelt sich das alle sechs Monate aus.

Numerus-Clausus-Jahre haben sowohl Nachteile als auch Vorteile. Nachteilig ist, dass man sich doppelt Sorgen muss, zum einen, gar nicht angenommen zu werden und zum anderen, eine gottverlassene Uni am Ende der Welt zugeteilt zu bekommen. Greifswald zum Beispiel. Schön an den Jahren mit NC ist hingegen, dass die ganzen Deppen, die auch am letzten Tag der Frist noch nicht wissen, was sie studieren sollen, sich für Betriebswirtschaft oder Politologie und nicht für Jura eintragen. Diese Leute hätten wir in unserer schönen Jura-Cafeteria ohnehin nicht brauchen können.

Am Tag des Fristablaufs konnte man mit allen Leuten, die auch so mutig waren eine Entscheidung zu treffen schön feiern. Wir waren jetzt nicht mehr Schüler, sondern richtige

Erwachsene, ja fast schon Studenten! Einige Wochen später kam dann auch der Zulassungsbescheid. Jedenfalls für die Meisten. Bei mir war es das gewählte Fach in der gewünschten Stadt. Berlin. Klar, wer aus Berlin kommt, will eigentlich auch aus Berlin nicht weg. Man müsste sich ja zwangsläufig verschlechtern, in die Provinz ziehen und aufgeben, dass man auch nachts um fünf Uhr bei *Pizzahut* und *McDonalds* am *Zoo* etwas Warmes zu essen bekommt. Jedenfalls dachte man als junger arroganter Berliner Jurastudent so darüber. Dass in Hamburg die Mädels leichter zu kriegen sind, man in München herrlich um die Häuser ziehen kann und es bei den Unipartys in den Unistädten Freiburg, Karlsruhe und Co. so richtig abgeht, wussten wir damals noch nicht.

Jedenfalls hatten wir den Bescheid in den Händen und erneut einen Grund richtig zu feiern. Eigentlich hat man als Student irgendwie immer einen Grund zum Feiern: Klausuren geschrieben, Klausurergebnisse bekommen, keine Klausuren mehr zu schreiben, bald Semesterferien, Anfang Semesterferien oder man feiert einfach, dass es einem gut geht mit der Rechtfertigung:

»So jung kommen wir nie wieder zusammen!«

Aber auch das mit dem endlosen Feiern wussten wir damals noch nicht und so feierten wir besonders, dass wir nun bald schon wichtige Studenten seien würden.

EINFÜHRUNGSVERANSTALTUNG

Die ersten Unierfahrungen sind neben der Mensa und der Cafeteria die Uni-Einführungsveranstaltungen. Eben noch in der Schule zu den Großen und Erfahrenen gehörend, ist man jetzt wieder einer von den neuen Kleinen, voller Respekt vor den alten Hasen, die in wichtigen Bibliotheksführungen und Kennenlern-Veranstaltungen ihre Überlegenheit präsentieren.

Diese Einführungsveranstaltungen halfen dabei, ein paar neue Leute kennen zu lernen. Und man lernte wichtige juristische Grundprinzipien: Trage immer blaue oder weiße oder blau-weiße Hemden und hasse die im Nachbargebäude sitzenden BWLer (*Betriebswirtschaftslehre-Studenten*), die nichts Vernünftiges lernen und eigentlich nach ihrem Studium auch nichts Vernünftig können: ,*Wer nichts wird, wird Wirt - Betriebswirt'*.

Die Sticheleien zwischen BWLern und Juristen sind ein erstaunliches, sehr weit verbreitetes Phänomen. In Berlin, München, Passau, Wien, ja sogar international. Vielleicht liegt es an der Ähnlichkeit der Leute. Viele Juristen und BWLer trifft man in den selben Bars und auf den selben Partys. Ein Großteil der BWLer und Juristen erheben einen Führungsanspruch, sind karrierebewusst und stehen mehr oder weniger in Konkurrenz zueinander. Mediziner bleiben in ihrem Metier, Chemiker, Physiker, Mathematiker und Informatiker sind ebenso wie Künstler irgendwelche komischen Kauze, jedenfalls nicht wirklich ernst zu nehmen. Soziologen, Politologen und Erziehungswissenschaftler braucht man gar nicht erst erwähnen.

Juristen sind arrogant? Na und? Wenn jeder an sich denkt, ist an alle gedacht. Du überlegst jetzt, ob Du dieses Buch zur Seite legst, weil der Autor einfach nicht nachvollziehbare Positionen vertritt? Es ist Dein Buch und es ist Deine Entscheidung. Ich habe an dem Buch, das Du in den Händen hältst schon durch den Verkauf verdient und werde mich nicht bei Dir entschuldigen. Aber ich weiß, dass Du weiterlesen wirst.

Wir – Du und ich – haben jetzt einen kleinen Machtkampf geführt. Und ich habe gewonnen, denn Du liest weiter. Aber sei beruhigt. Du bist ganz allein, niemand wird von Deiner Niederlage erfahren. Du bist Jurist (oder willst es werden), rechtfertige Dich damit, dass Du nur aus wissenschaftlichen Gründen weitergelesen hast. Manchmal lügt man und manchmal belügt man sich auch selbst. Das ist ganz normal. Falls Du jetzt nicht weiterlesen möchtest, merke Dir, dass Du auf Seite 15 bist und lies nachher weiter. Du schaust gerade zur Seitenzahl? Erwischt. Hör auf so berechenbar zu sein! Verdammt! Und jetzt lies endlich weiter!

BWLer besitzen die Frechheit mit einem Studium, dass deutlich kürzer (keine Referendariatszeit) und deutlich einfacher (der schwerste Schein mit der höchsten Durchfallquote ist der Rechtsschein!) ist, sich gleichwertig zu fühlen. Unterstützt werden sie in dieser absurden Vorstellung durch ein deutlich größeres Praktikaangebot und einer Vielzahl über Verhältnis vergüteter Einstiegsjobs. Als armer Jurastudent muss man seinem gebeutelten Selbstbewusstsein mit der

Erkenntnis aufhelfen, dass der Anteil der Juristen in wichtigen Positionen, Vorständen und in der entscheidenden Politikebene sehr groß ist. Als BWLer findet man eher einen halbwegs vernünftig dotierten Einstiegsjob, als Jurist sind die Chancen nach oben weniger begrenzt. Nebenbei gehören die Einstiegsgehälter in den Großkanzleien für junge Anwälte (wenn auch in rarer Anzahl) zu den höchsten in ganz Europa und übersteigen locker die der großen Unternehmensberatungen. Ein Ausblick, der die zur Schau getragene Verachtung gegenüber dem nahe gelegenen Wirtschaftswissenschaftsgebäude durchaus rechtfertigte...

Der Nachteil an diesen Erstsemester-Einführungskursen ist hingegen, dass diese oftmals von ganz besonders engagierten Studenten geführt werden. Meistens melden sich die Jurastudenten freiwillig für die unbezahlten Einführungsveranstaltungen, die auch sonst außerjuristisch tätig sind. Etwa im Studentenparlament sitzen, in politischen Parteien aktiv sind oder zumindest einer Burschenschaft – womöglich noch streng traditionell und *schlagend* – angehören. Gerade bei Gesellen von der letzten Sorte muss man höllisch aufpassen. *Völlig unverbindlich* wird man nach der Einführungsveranstaltung noch *aufs Haus* eingeladen, Bier ist natürlich frei, und, *schwupps*, ist man Scientology-mäßig eingelullert. Ich finde es jedenfalls merkwürdig, wenn sich erwachsene Männer *zum Spaß* mit einem Florett oder Degen gegenseitig den halben Skalp zerfetzen oder auf Partys ein meist dreigestreiftes Band umbinden, das farblich nicht einmal von *Daisy Duck* als Handtaschenriemen benutzt werden würde. Auch die Tradition von den *alten Herren*, den Ehemaligen, zur feierlichen Begrüßung in den *Studentinnen-Puff* eingeladen zu werden, um dann gegen Bezahlung schlechten Sex mit osteuropäischen

Kommilitoninnen zu haben, überzeugt mich nicht. Die Saufgelage – mit dem erklärten Ziel sich zu erbrechen und das dann Halbzeit zu nennen – sind mir ebenfalls suspekt, auch wenn die meisten *Häuser* für Derartiges eine hervorragende Infrastruktur aufweisen: einen *Pabst*. Manchmal findet man den auch in Segelclubs. Schon beeindruckend. Es sieht aus wie ein Waschbecken aus dem Ende des 19. Jahrhunderts, hat jedoch einen deutlich größeren Abfluss, keinen Wasserhahn, sondern einen Pissoir-ähnlichen Spülknopf sowie rechts und links einen Haltegriff. Das Gebilde nennt sich in alter christlicher Corps-Tradition *Pabst* oder auch *Papst*, weil man sich als stolzer Bursche eben nur vor dem *lieben Gott* und dem *Papst* verbeugt.

Nach den Einführungskursen und gegebenenfalls ersten *Haus*-Erfahrungen beginnt der eigentliche Schritt ins Studentenleben mit der offiziellen Erstsemesterparty. Meistens in der Mensa veranstaltet, groß und ganz schön lustig. Am Eingang zeigt man stolz den neuen Studi-Ausweis (natürlich mit dem Finger die Semesterzahl verdeckend), bekommt existenzsichernde *einsfuffzig* Studentenrabatt und weiß endlich: Man gehört dazu!

EIGENE WOHNUNG

Jetzt war ich also Student. Das versprach einige Semester (man rechnete nur noch in Semestern, nicht mehr wie das gemeine Volk in Jahren) voller Spaß, Party und natürlich Frauenbekanntschaften.

Um gerade die letzten beiden Punkte freier gestalten zu können musste unbedingt eine eigene Wohnung her. Es ging nicht mehr an, für Partys weiterhin auf Sturm-freie-Bude-Wochenenden angewiesen zu sein. Und auf Dauer nervt es auch, von den Eltern am nächsten Morgen beim Frühstück zu hören, nachdem man *ausnahmsweise* mal Damenbesuch mit nach Hause gebracht hat:

»Junge, der Hund hat ja heute Nacht so gebellt, als Du nach Hause gekommen bist. War wohl wieder ein bisher unbekanntes Mädchen. Lernen wir sie demnächst kennen?'«

Mein Gott! Es gibt doch wirklich verständliche Ausrutscher bei der Damenwahl zu später Stunde auf einer lustigen Feier, die man Muttern nicht präsentieren möchte.

Das mit der eigenen Wohnung hat dann auch geklappt. Der ordentliche Jura-Student schaut natürlich als erste Amtshandlung in die *Düsseldorfer Tabelle* und berechnet seinen Unterhaltsanspruch. Weitere, für die Praxis vieler Studenten nützliche Informationen finden sich im *Palandt* und besagen beispielsweise, dass ein angefangenes Jurastudium im direkten Anschluss an eine Bankausbildung noch eine einheitliche Ausbildung darstellt und die Eltern durchgehend unterhaltspflichtig sind. Eine für einige meiner Freunde wahrhaft goldene Auskunft! *Palandt* muss man sich merken. Mein erster Tipp sozusagen. Das beste Buch überhaupt. Da steht wirklich alles drin, was man für Jura im Zivilrecht für das Studium und die beiden Examen wissen muss/kann. Kostet 100 Euro, ist es aber wert.

Schon mit meiner ersten Einweihungs- und Geburtstagsparty hatte sich die Entscheidung auszuziehen innerhalb weniger Wochen gelohnt. Ich kaufte zwei große Melonen, schnitt oben ein Loch hinein, stocherte mit einem Messer etwas im Inneren herum und goss eine große Flasche Vodka hinein. Gut gekühlt schmeckte man den Alkohol nicht und spürte ihn erst circa zwei Stunden später. Eine gute Idee, um die Bierverweigerer zu überraschen.

Weniger Freude an meinen Partys hatte der gealterte, linksalternative Nachbar unter mir, der dummerweise sein Kiefernholz-Hochbett genau unter meinem Bass-Subwoofer aufgebaut hatte. Aber der musste ja nicht unbedingt mein bester Freund werden. Wollte er wahrscheinlich auch nicht mehr, nachdem ich meine erste Verstopfung des Duschabflusses fachmännisch selbst repariert hatte. Auf der Packung stand zwar mit dickem Ausrufezeichen man solle nur zwei Verschlusskappen von dem Zaubermittel in den Ausguss gießen und danach gut spülen. ‚Viel hilft viel!' dachte ich hingegen, goss die gesamte Flasche hinein und ließ es vorsorglich eine Stunde einwirken. Der Abfluss war tatsächlich wieder frei. Allerdings hatte auch mein Nachbar jedes mal etwas davon, wenn ich duschte.

Mit der Zeit lässt dann auch die Klebrigkeit des Bodens nach, die durch einen umgeschütteten und gleichmäßig in der ganzen Wohnung verteilten *Campari-O* verursacht wurde. Klebt eigentlich der *Campari* oder der Orangensaft so ekelhaft? Man lernt vom Leben: Plastikfußboden ist gar nicht schlecht und wenn die Leute bei einer Party die Schuhe am Eingang ausziehen, geschehen erstaunlicherweise deutlich weniger Sauereien und die Plastikbecher fallen sehr viel seltener um. Echte Gläser sollte man allerdings lieber nicht verwenden, wenn man auf die Erfahrung einer 5 cm langen Glasscherbe in der Ferse verzichten möchte. Und wenn man sich dennoch eine solche Verletzung zugezogen hat, dann besser keine herumstehenden Vodka-Reste nach dem Motto »Was viel brennt ist viel gut!« draufgießen. Zumindest die Kippenstummel vorher heraussortieren.

Eine eigene Wohnung ist großartig. Der Kühlschrank ist zwar immer leer und man macht die erstaunliche Erfahrung dass auch die *Lätta* ganz schnell schimmelt. Andererseits ist es schön, wenn der Döner-Laden-Besitzer von der Ecke (der mit dem hoch kreativen Werbespruch ‚Döner macht schöner') dich mit »Hallo, mein Freund!« begrüßt.

Als einen besonders genialen Schachzug muss ich die Investition von ein paar Hundert Mark in ein gebrauchtes Wasserbett bezeichnen. Ein Wasserbett wird elektrisch auf ständig kuschelige 36 Grad geheizt, da man sich ansonsten ganz böse verkühlt. Klar, die Energiekosten sind gewaltig, aber wenn man beim Heizen spart, gleicht sich das aus. Die meiste Zeit verbringt man ohnehin im Bett. Rentiert hat es sich jedenfalls immer bei Frauenbesuch. Mädels frieren immer und haben grundsätzlich Eisbeine. Oftmals war das warme Bett – auf der

Hand liegend – die einzige Rettung vor dem kalten Rest des Zimmers...

Gespart hatte ich dagegen an einer Geschirrspülmaschine. Das würde ich im nächsten Studentenleben unbedingt anders machen. Es gibt kaum Widerlicheres, als drei Wochen alte Mayonnaise, mittlerweile verwachsen mit den salzigen Pommes-Resten, manuell vom Teller zu kratzen. Quattro-Formaggi-Pizza-Überbleibsel sind vergleichbar schön. Im Haushalt eines normalen Menschen sind diese Probleme weitestgehend unbekannt. Wenn am sechsten Tag der sechste Teller dreckig ist, wird man quasi zum Abwaschen genötigt. Anders in der Studentenbude. Durch häufiges Auswärtsessen – Mensa, Dönerladen, Mini-Pizza, Mama – reichen und riechen die Teller wochenlang.

Es gab zwar Studentenkollegen, die warteten einfach bis der aus der dreckigen Müslischüssel wachsende grün-graue Belag die Schüssel völlig geschluckt hatte – und nannten es dann Naturschutz-Biotop. Ab einem gewissen Zeitpunkt roch es auch nicht mehr so streng. Diese Geduld und Hartnäckigkeit konnte ich jedoch nicht aufbringen. Statt mit Hochsicherheits-Asbest-Handschuhen abzuwaschen raffte ich von Zeit zu Zeit mit spitzen Fingern sämtliches Geschirr, schmiss es angewidert in einen Karton und quälte Mutterns Geschirrspüler damit; höchste Stufe, doppelte Ration Spülmittel und mehrfach durchlaufen lassen. Anschließend wieder in einen Karton (allerdings einen frischen) und zurück in die Bude. Meistens blieben die Teller und Tassen bis zur Benutzung im Karton...

Bis heute hebe ich ein Küchenmesser aus angeblich rostfreiem Stahl als trophäeiale Erinnerung an mein studentisches Alltagsleben auf, in das Tiefkühlpizza-Reste ein zwei Millimeter großes Loch hineingefressen haben.

STUDENTENLEBEN

Studentenleben. Der Begriff ist weit verbreitet. Man hört immer wieder von diesem Mysterium. Aber was steckt dahinter? Eine genaue Definition zu finden fällt schwer. Da haben wir den fast witzigen Radiomoderator, der die Nachmittagsnachrichten mit »Einen schönen Feierabend liebe Zuhörer, guten Morgen liebe Studenten« beginnt. Klingt komisch, ist aber schon ein bisschen so, dass der gute Mann nicht ganz unrecht hat.

Der Ursprung des Studentenlebens liegt in den frühen Zeiten des Römischen Reichs und geht bis in das Mittelalter hinein. Der gemeine (gemein ist ein Wort, dass man auch für ‚allgemein' verwenden kann, es muss nicht zwingend ‚böse' bedeuten!) Student kam meist aus gutbürgerlicher bis reicher Herkunft und zog zum Studieren oft in eine entfernte Universitätsstadt. Der väterliche Monatsscheck und eine lustige Gruppe gleichgesinnter Kommilitonen machten die Voraussetzungen für eine lockere Freizeit neben dem Studieren nicht zu den schlechtesten. Für die Eltern waren die Studienkosten, das Leben in einer fremden Stadt, nur schwer zu kalkulieren und mit einigem Bitten und Jammern konnte der eine oder andere Taler auch für Aktivitäten außerhalb des Lehrbetriebes abgezwackt werden.

Aufgrund des geringen (wenn überhaupt) Frauenanteils und erst recht geringer Emanzipation entsprachen sich die Interessen der Studenten weitestgehend. Wirtshäuser wurden in geselliger Runde bei zwei, drei, einigen Bieren zum Lebensmittelpunkt gemacht und zur Abrundung des Abends reichten dann auch Zimmer stundenweise. Zeitlich ließen sich diese Feieraktivitäten in der fürs Lernen reservierten Zeit gut unterbringen oder zumindest verstecken. Dauerte das Studium länger, galt man als besonders akademischer, da langstudierter Mensch.

Auch wenn diese guten alten Zeiten längst vergangen sind konnten einige wertvolle Angewohnheiten bis ins studentische Leben des 21. Jahrhunderts hinüber gerettet werden.

Zeit etwa, hat nach wie vor im Studium eine ganz andere Bedeutung. Vorlesungen fangen meistens nicht wie Schulunterricht um acht Uhr früh, sondern erst gegen zehn an. Manchmal auch erst nachmittags.

Zehn Uhr meint auch nicht 10:00 Uhr, sondern 10:15. Vorlesungen die bis zwölf gehen sind schon um 11:45 zu Ende. Die akademische Viertelstunde. Kein Mensch weiß, was daran besonders akademisch sein soll, einfach eine Viertelstunde später anzufangen bzw. fünfzehn Minuten früher aufzuhören. Aber Tradition ist Tradition und wenn vor vielen Jahren wichtige Professoren dies für unumgänglich erachteten, muss schon etwas dran sein. Meinetwegen.

So schön es auch war, nicht mehr wie zu Schulzeiten um kurz vor acht aus dem Haus zu müssen, die Vorlesungen mitsamt langweiligem, unstrukturiertem Inhalt waren dennoch unausstehlich. Vielleicht lag es aber auch an den didaktisch wenig motivierten und noch weniger motivierenden, ergrauten Professoren, dass die Vorlesungen zäh wie Kaugummi waren. Um zehn Uhr (gleich 10:15) begann der Unterricht und wenn man gefühlte zwei Stunden später auf die Uhr schaute war es gerade erst 10:25 Uhr. Störend wirkte auch der Armbanduhrabdruck auf der Stirn, nachdem man wieder einmal auf dem Tisch eingeschlafen war. In den ersten Minuten noch hochmotiviert, holte einen schon nach kurzer Zeit die Party des Vorabends ein. Die schlechte, warme Luft im Hörsaal tat ein Übriges. An den glorreichen Gedankengang, auch bei geschlossenen Augen hervorragend zuhören zu können und den Kopf auf der Tischkante abzulegen, erschloss sich unumstößlich ein tiefer gerechter Schlaf. Gleiches Phänomen ist jedem Jura-Studenten von der Lektüre eines Buchs des öffentlichen Rechts bekannt. Zwei Seiten ohne Mittagsschlaf am Stück zu lesen ist weit verbreitet als Heldentat bekannt.

Das anfänglich sinnvoll erlernte Wissen beschränkte sich jedoch ohnehin zunächst auf die Orientierung von den einzelnen Vorlesungsräumen zur Cafeteria. Nur wenn man ein strebsamer Student war bzw. werden wollte kannte man auch den Weg dorthin von der Bibliothek aus.

Intellektueller Höhepunkt war die erlernte Papierfaltkunst, von einer süßen Kommilitonin in einer Rechtsgeschichte-Vorlesung beigebracht. Aus einem rechteckigen (aber nicht quadratischen) Papierstück entsteht mit wenigen Handgriffen sowohl ein Hut als auch ein Papierschiffchen. Praktisches Wissen, mit dem ich noch lange Zeit später in vielen Situationen beeindrucken konnte.

Es gab jedoch auch Parallelen zwischen spätem Schüler- und frühem Studentenleben, die Begrifflichkeit ‚Bong', zum Beispiel, war nach wie vor all-Party-täglich. Allerdings hatte sich die darauf beziehende Bedeutung verändert. Während meiner Schulzeit bezeichnete *Bong* einen großen Trichter mit einem Schlauch. Der untere Teil des Schlauches wurde abgeknickt, der Trichter mit einer Dose lauwarmen Billigbiers gefüllt, das abgeknickte Schlauchstück mit dem Mund eines Durstigen verbunden und der Trichter hoch gehalten. Löste man jetzt den Knick aus dem Schlauch verursachte das physikalische Prinzip der Schwerkraft, dass das gesamte Bier in nur einem Schluck innerhalb von kürzester Zeit bis zum Magen durchschoss. Statt einer Dose Bier kann man auch eine halbe Flasche Korn in den Trichter füllen.

»Das war aber nicht wirklich eine gute Idee« erklärte uns allerdings der herbeigeeilte Notarzt anschließend.

Im Sprachgebrauch meiner Studienkollegen war an der *Bong* auch ein Schlauch befestigt, man schüttete jedoch kein Bier rein, sondern verbrannte diverses, süßlich riechendes Kraut. Es schoss einem auch nicht in den Magen, sondern ging direkt in den Kopf. Es zeigte sich mal wieder: Studenten sind halt Kopfmenschen.

KOMMILITONEN

Der Freitag ist natürlich vorlesungsfrei. Das Wochenende beginnt schon am Donnerstag, denn nach durchzechter Nacht hat Uni eh keinen Sinn. Zu Zeiten, zu denen Schüler und arbeitende Teile der Bevölkerung langsam ins Bett verschwinden kann der Student donnerstags die volle akademische Überlegenheit präsentieren und demonstrativ noch ein weiteres Bier bestellen.

Die donnerstägliche Gelegenheit bietet sich besonders an um die neuen Uni-Bekanntschaften näher kennen zu lernen. Denn leider hatte mir die böse Bundeswehr viele meiner Schulfreunde vorübergehend als Kommilitonen genommen. Die Meisten hatten es nicht geschafft sich um die Wehrpflicht zu drücken und verschwanden mit kurzen Haaren und albernen Mützen in finsteren Kasernen beziehungsweise als Zivildienstleistende mit weißen Kitteln in Krankenhäusern und Altersheimen. Die Jungs mussten zu Zeiten aufstehen, zu denen ein ehrlicher und gewissenhafter Student erst ins Bett geht. Dafür hatten diese fleißigen Leute bereits Feierabend, wenn der durchschnittliche Student das Bett zu verlassen pflegt. Für einen wie mich, der nicht zum Bund gegangen ist und auch nicht devoter, zivildienstleistender Urinkellner wurde, waren diese alten Schulfreunde jedenfalls nur noch bedingt zum Feiern zu gebrauchen.

Im Ergebnis brachte mir die Wehrpflicht einen ganzen Batzen neuer Kontakte, die entweder weiblich und gleichaltrig oder männlich und ein wenig älter oder männlich und zwar gesund aussehend, aber wehruntauglich waren. Eine durchaus interessante Mischung. Denn während in Kindergarten und Schule die Freunde aus der gleichen Umgebung und weitestgehend aus ähnlichen Kreisen stammen, trifft man in der Uni ganz unterschiedliche Leute aus ganz unterschiedlichen Gegenden. Obgleich bei Studiengängen wie Politologie und Soziologie sicher noch weiter gefächert, ist es auch schon bei Jura interessant Einblicke in andere Kreise zu bekommen.

Statistisch bewiesen rekrutieren sich die Jurastudenten etwa zu 40% aus juristischen Familien.[1] Wahrscheinlich ist das Elend des Examens der Eltern schon und das eigene Examen noch etwas zu weit entfernt, als dass man sich dem elterlichen Rat fügt, doch etwas anständiges zu erlernen.

25% der JurastudentINNEN wollen überhaupt nicht Jura studieren, sondern den gebildeten, niveauvollen, eloquenten Mann mit gesicherter Zukunft fürs Leben kennen lernen. Möglicherweise ist hierauf zurückzuführen, dass die Jurabibliothek einen sagenumwobenen Anteil entzückend anzusehender Mädels in Miniröcken und taillierten Blusen aufweist. Wer von diesen Damen in den ersten zwei Semestern nicht das Lebensglück findet, hat noch einmal eine oft wahrgenommene

---

[1] Wer jetzt eine Quellenangabe erwartet hat, muss leider enttäuscht werden. Dies ist keine Hausarbeit und keine wissenschaftliche Arbeit. Entweder Ihr glaubt mir, was ich schreibe oder Ihr lasst es bleiben. Basta. Gibt auch keine weiteren Fußnoten in diesem Buch!

Zwei-Semester-Chance im Fachbereich Medizin. Nach der Gesundheitsreform ist das natürlich nur die zweite Wahl.

Den werten Kommilitonen Studienwechsler, vorzugsweise aus dem Fachbereich Wirtschaft, wird meist nur eine kurze Verweildauer zuteil. Wer es in acht Semestern schon nicht mit dem BWL-Grundstudium gepackt hat oder zum dritten mal durch den Statistikschein gefallen ist, sollte es mit Jura gar nicht erst versuchen.

Interessanter war dann schon die Bekanntschaft zu dem blondgefärbten Playmate des Monats, das tatsächlich bis zum Examen dabei war. Jedenfalls bis zum ersten Versuch. Irgendwie sieht das Hochglanz im Playboy alles besser aus als in der Realität. Und ich dachte belogen wird man nur in der Werbung.

Spannend war auch das kleine Mädchen vom Lande aus den neuen Bundesländern. Obgleich bereits allgemein bekannt ist, dass man in der DDR oft anstehen, lange warten und dann doch wieder ohne Ware nach Hause gehen musste, erstaunen Jungfräulichkeit im holden Alter von 21 Jahren doch.

Man erfuhr weiterhin, dass es nicht unbedingt ein Gegensatz sein muss, dass der Richtersohn Tag und Nacht kifft, zu den Schlaghosen eine Designerlederjacke aus New York trägt, einen Aushilfsjob bei Haribo hat und sich zu Weihnachten ein 96-teiliges handgearbeitetes dänisches Tafelsilber von seinen Eltern wünscht. Gleicher Geselle hatte sich im Semester einen Namen damit gemacht, unzählige gebrauchte dicke Gesetzes-Kommentare im Bücherregal bei sich zu Hause zu sammeln um dann frisch kennen gelernte Zahnarzthelferinnen und Krankenschwestern intellektuell enorm zu beeindrucken:

»Was, die hast Du alle gelesen, diese dicken grauen Bücher? Musst Du aber klug sein!«

Klappt immer!

Gute Gesellschaft war auch der große Rothaarige von der ostfriesischen Nordseeinsel, dessen langjährige Freundin zwar bei ihm wohnte, jedoch nie gesichtet werden konnte. Mittlerweile ist er wieder offiziell Single. So gehen Mythen zugrunde.

Unter den neuen Bekannten aus der Uni blieben allerdings auch einige nachhaltig suspekt. Der immer bleiche Kommilitone mit dem Spitznamen *V-Mann* zum Beispiel. Ob dieser Name von der gleichnamigen und durchaus verwechselbaren Person aus dem absolut beknackten und nur bekifft erträglichen Psychofilm *Lost Highway* entliehen oder an den innigsten Wunsch zum Verfassungsschutz zu gehen anlehnt war, konnte leider bisher nicht aufgeklärt werden. Ebenso wenig war herauszufinden, wie dieser Mensch es sich zum obersten Grundprinzip machen konnte, niemals jemandem die Hand zu schütteln. Von einigen chemischen Drogen bekommt man übermäßige Schwitze-Finger... Jedenfalls hatte dieser arme Geselle mit fortschreitender Studiendauer seine durchaus süße Freundin an einen Kollegen aus dem hohen Norden Berlins verloren, der bei seiner eigenen Halloweenparty an Eides statt versichern musste tatsächlich eine Dracula-Gesichtsmaske und nicht nur falsche Zähne anzuhaben.

Es überrascht jedoch nur anfänglich, dass der ehemalige Amateurboxer und leicht zum Prolligen neigende Fußballfan schon am Ende des ersten Semesters mit einer der hübschesten Kommilitoninnen zusammen ist und noch vor dem Examen mit ihr zusammenzieht. Ein durchaus öfter zu beobachtendes Phänomen. Und ich habe daraus gelernt...

ZWISCHENMENSCHLICHKEITEN

Neuer Lebensabschnitt, neue Chance. Bei ca. 500 Erstsemestern und einer Frauenquote von meist sogar über 50 Prozent ergaben sich – schon rein rechnerisch – gewaltige Möglichkeiten. Man schob auch hier in der Uni (im Gegensatz zur Schulzeit) noch keinen Ruf als Altlast vor sich her – durchaus ein weiterer Aspekt. Es stand also auf der Tagesordnung die zwischenmenschlichen *Softskills* zu üben und zu perfektionieren. Um die Seiten etwas zu straffen und die eher unrühmlichen Anfänge nicht allzu sehr auszubreiten: Zu der hübschen Blondine mit den knallblauen Augen mit folgendem lieben Spruch und sanfter Stimme zu gehen...

»Du hast so schöne blaue Augen, ähhm, hättest Du vielleicht eventuell irgendwann mal Lust mit mir eine Cola trinken zu gehen?«

...ist von vornherein zum Scheitern verurteilt. Das hört sie wahrscheinlich mindestens 20 mal pro Woche. Da setzt in ihrem Kopf ein Automatismus »laaangweilig« ein, der sofort ein wörtliches »Nein!!!« zur Folge hat.

Erfolgreicher ist genau das Gegenteil: am Anfang selbstsicher, die vielleicht sogar etwas prollige und arschige Tour zeigen und erst dann hintenherum mit Geist und Charme und Intellekt glänzen. Das kommt bei den Frauen viel besser an als die Ich-bin-der-liebe-Olli-Masche. Diese Grundlage sollte man eigentlich schon in der Schule gelernt haben: der liebe Olli war während der Schulzeit immer der beste Freund von allen Mädchen, auch und insbesondere der hübschen – hat jedoch nie eine abbekommen. Wahrscheinlich hat jede Schulklasse einen solchen lieben Olli vom Schicksal zugeteilt bekommen als Ausgleich zum Schläger-André, den es auch statistisch in jeder Klasse gibt.

Noch konkreter: am Anfang ein paar Sprüche klopfen, die zwar nicht völlig daneben sind, aber zumindest überraschen und überrumpeln, also anders sind als das übliche Anmachgequatsche. Ultimative Phrasen zum Auswendiglernen gibt es nicht. Es muss schon situationsbezogen sein. Aber zurück zum anfänglichen Beispiel. Statt der lieben, zurückhaltenden Cola-Einladung in Verbindung mit einem Schöne-Augen-Kompliment dürfte erfolgreicher sein:

»Eigentlich finde ich ja Frauen unter 25 total unreif, aber da Du Dich jetzt schon zum zweiten Mal vor mich gesetzt hast, will ich mal nicht so sein. Du darfst mich nach der Vorlesung zum Kaffee einladen!«

Es kann natürlich sein, dass der Spruch auch nicht funktioniert. Wenn sie einfach kein Interesse hat ist nichts zu machen.

Wenn es doch geklappt hat muss man unbedingt anschließend geschickt zu einem intellektuellen Gespräch überleiten um nicht nachhaltig das Vollidioten-Image zu hinterlassen.

Vielleicht über das Leben nach dem Tod? Im zweiten Semester war ich bei einem Kumpel, der gerade noch Zivi war, auf einer seiner typischen semischwulen Fast-nur-Jungs-Geburtstagspartys, hatte schon gegen Mitternacht meine Sprachkarte abgegeben, kurz den weißen Porzellangott angebrüllt und mich dann mit Schuhen in das Bett seiner Mutter gelegt (ohne Mutter!, dies ist ein anständiges Buch). Mich beeindruckt das jedes Mal wenn man Angst hat die Augen zuzumachen, weil sich die Erde um einen herum mit Mach-1 anfängt zu drehen. Genau so war es auch an diesem Abend. Nachdem ich zwei Stunden erfolglos versucht hatte aufzustehen um mir etwas zu Trinken aus dem Kühlschrank zu holen (ging leider körperlich nicht, die Beine wollten einfach im Bett bleiben.), saß da auf einmal ein holdes Weib an meinem Bett.

Ein fürsorglicher alter Freund war so gut mir von einer anderen Party eine Privat-Krankenschwester mitzubringen. Mit ihr habe ich mich dann eine Zeit hochphilosophisch über das Leben nach dem Tod unterhalten – ob ich dafür oder dagegen war? Keine Ahnung. Geklappt hat es jedenfalls, die Nacht haben wir zu zweit in meinem Wasserbett verbracht. Allerdings – unverzeihlich! – waren die Gummis alle und besonnen und gewissenhaft wie man als angehender Jurist nun mal ist, wollte ich ohne natürlich auch nicht. Man sollte sich gar nicht erst auf ‚dies ist ja nur eine einmalige Ausnahme, da wird schon nichts passieren‘ einlassen. Die Mädels, die so anfangen sind die schlimmsten. Da wird jeder Abend nach zwei Bier zu einer ‚einmaligen Ausnahme‘ und schwupps bekommt man Pickel am Pimmel... oder ein Kind... Also nix da mit Koitus. Wir haben trotz einem ‚... also ich höre jetzt mal auf und lutsche am Daumen weiter, sonst gibt's für Dich ja keinen Grund mich wiederzusehen und das Ganze anständig zu vollenden...‘ sehr anständig gelacht und den nächsten Morgen mit einem starken Frühstück aus trockenen *Kellogg's* ausklingen lassen. Die Milch war schon wieder mal etwas älter und wäre wahrscheinlich auf Zuruf eigenständig aus meinem Junggesellenkühlschrank geklettert, wenn nicht eine Packung grün-schimmeliges Toastbrot den Weg versperrt hätte.

Jedenfalls ein bisschen philosophieren. Damit hat man 60% der Frauen schon zu 80% rum. Wer es schafft hier noch ein wenig Humor mit einfließen zu lassen sollte sich endlich ‚Held' und ‚Gewinner' auf den Arsch tätowieren lassen.

Nach dem anfänglichen Gepöbel und anschließendem Philosophieren muss recht bald der zweideutige Part kommen:

»Wir kennen uns jetzt schon fast zwei Stunden, wollen wir nicht mal knutschen?«

Das sieht so geschrieben schwarz auf weiß etwas merkwürdig aus. Man sollte sich den Satz auf der Zunge zergehen lassen. Mit einem fröhlich-charmant-dreisten Lächeln aufgesagt gibt es eigentlich nur zwei mögliche Reaktionen: entweder sie geht darauf ein oder sie ist abgeneigt. Wenn sie abgeneigt ist, wird sie den Spruch – aufgrund der immanenten Dreistigkeit – als witzige Einlage verstehen. Die Kunst ist hierbei die Zweideutigkeit. Man kann entweder ernst darauf eingehen oder das Ganze leicht als witzig übergehen. Es entsteht keine gezwungene Stimmung. Ich bin jedenfalls mit diesem Spruch noch nie in eine wirklich peinliche Lage gekommen und der Erfolg ist ausgezeichnet. Erfunden und perfektioniert hatte diese Methode ein Schulfreund von mir; bei den Frauen erfolgreich wie kein Zweiter. Leider ist er jetzt mit einem Bein kriminell und mit dem anderen jüngst Vater geworden. Gott habe ihn selig.

Um wirklich aus der Masse der Mittelmäßigkeit hervorzustechen und sich ins Hirn des One-Night-Stands dauerhaft einzubrennen muss man – nein, nicht wie *Rocco Siffredi* aus *‚Dirty Anal Kelly in Rome'* in der Lendengegend gebaut sein und auch nicht 2 Stunden Designer-Dauersex durchhalten. Das sind alles landläufige Irrtümer. Zugegeben, wer das 90-Sekunden-‚Ich-bin-mal-wieder-erster'-Problem all zu oft hat, gewinnt auch nicht. Als kleiner Tipp: Nach 80 Sekunden anfangen das Einmaleins der *13* aufzusagen. Nicht weil *13* die Pechzahl ist, sondern weil das die schwierigste, aber noch im Kopf machbare mathematische Zahlenreihe ist. Einmaleins der *117* geht natürlich auch. Das hat aber nicht die gewünschte Folge des Herauszögerns, sondern geht dermaßen auf die Libido, dass auch Ende ist. Also: *13, 26, 39...* Bei spätestens *273* hat man es sich dann aber wirklich verdient.

Abgesehen von diesen Formalien sollte man um den gewünschten bleibenden Eindruck zu hinterlassen zu Beginn überzeugend küssen können und nachher 10 sinnlose Minuten aufs Kuscheln verschwenden. Dann spielt der Mittelteil dazwischen in Energie-optimierender Weise eine bedeutend geringere Rolle.

BEZIEHUNGEN

Nach dem Kennenlernen folgt – wenn man denn möchte – die zweite Stufe auf dem Weg zur Beziehung. Und da fängt es eigentlich erst an kompliziert zu werden. Das ist jetzt nicht etwa ganz subjektiv mein persönliches Problem. Ich habe wunderbare, erfüllende Beziehungen gelebt. Bereits in jungen Jahren, so mit 28 Monaten hatte ich meine erste innige weibliche Windelbeziehung. Gut, das war ein geschmacklicher Griff in die Tonne, musste ich bei einem Wiedersehen 20 Jahre später erfahren. Jedoch auch in der Folgezeit begegnete ich und liebte ich – und das qualitativ und quantitativ nicht schlecht. In meiner späteren Referendar-Arbeitsgemeinschaft waren von acht männlichen Mitreferendaren zwei mit ehemaligen festen Freundinnen von mir zusammen. Wenn diese Lochschwagerquote mal kein guter Beweis ist.

Das Problem im Zusammenhang mit Beziehungen steckt in oftmals verkannter Weise nicht im ‚Kennenlernen' und ‚Herumbekommen' sondern viel mehr im ‚Aushalten' und ‚Ertragen' oder romantischer: im ‚Zusammenpassen'. Eine Beziehung erfordert völlig andere Fähigkeiten als ein kürzeres Intervall der Zweisamkeit. Unter ‚Fähigkeiten' in diesem Sinne verstehe ich keine objektiven Begabungen, wie etwa die Kunst des Autofahrens, auch wenn, zugegeben, der durchschnittliche weibliche Fahrstil ein großes Stück Geduld und Gutmütigkeit des männlichen Beifahrers erfordert. Man stelle sich nur die übliche Standardsituation vor: der aktuelle Straßenabschnitt gibt ein Geschwindigkeitslimit von 100 km/h vor und am Horizont kündigt ein Straßenschild ‚80' an. Der männliche Durchschnittsfahrer fährt 110 wenn er das Schild sieht, geht einige Meter vor dem Schild vom Gas und ist kurz hinter dem Schild bei akzeptablen 90. Ganz entspannt, wenig Action. Das weibliche Pendant fährt hingegen 95, bremst hektisch und abrupt auf 50 ab sobald sie das Schild sieht, tritt exakt einen Meter nach dem Schild wieder voll aufs Gaspedal, stellt überrascht fest, wieder bei 90 zu sein und bremst erneut auf 75 hinunter.

Nichtsdestoweniger meine ich bei ‚Fähigkeiten' eher den Willen zum passenden Charakterzug.

Absolutes KO-Kriterium ist, wenn man bereits in der zweiten Woche ständig denkt »Was redet die denn eigentlich?!« Schon die pure Wortmenge ist eine problematische Divergenz zwischen den Geschlechtern. Während Frauen erst nach 6.000 bis 8.000 von sich gegebenen Wörtern von einem erfüllten Tag sprechen, begnügen sich Männer gerne mit der Hälfte oder gar einem Drittel – sowohl sprechen als auch hören! Meist kommt dann noch dazu, dass der Inhalt – subjektiv gefühlt – furchtbar ist. Entweder furchtbar langweilig oder furchtbar schwer nachvollziehbar oder, am furchtbarsten, gar beides. Oft kommt dies noch ständig gepaart mit überaus logischen Fragen:

Er: »Ich lass mir mal Badewasser einlaufen.«

Sie: »Willst Du baden?«

Was soll man dazu sagen?

»Nein, ich finde es nur so schön, wie das Wasser plätschert...«?!

Unbedingt notwendige weibliche Eigenschaft ist weiterhin ein fürsorgliches Erkennen der Wünsche und Freiheiten. Gar nicht übertrieben. Sie muss nicht jeden Abend vorschlagen »Liebling, ich würde mich freuen, wenn wir die kleine geile Nachbarin heute Abend einladen und erst das Fußballländerspiel und dann deinen Lieblingsporno gucken.« Ein gesundes Normalmaß sollte jedoch sein. Wer von einer Beziehung völlig eingeengt wird und jedes Mal entweder schwer verhandeln oder aber ein schlechtes Gewissen haben muss wenn er mit den Jungs partymäßig um die Häuser ziehen will, bekommt zwangsläufig Fluchtgedanken. Es gibt auch nichts unschöneres als ständige Kontrollanrufe. Da ist man als Student endlich froh über ein nicht-fremdbestimmtes, nicht laufend überwachtes Leben; froh, nicht mehr zu Hause Bescheid geben zu müssen, wann man von der Party wieder zurück sein wird. Gerade in diesen freien Momenten trifft einen als Freundin mit Sicherheit ein weibliches Wesen, welches sich diesbezüglich als frühes Mutter-Substitut üben möchten: nachdem ich schon auf dem Weg zur Party mal wieder zwei angenommene und drei unbeantwortete Anrufe auf dem Handy von *IHR* hatte, war mir jedenfalls klar, dass das irgendwie mit uns nichts Dauerhaftes werden konnte. Man sollte sich mal eingehend zu diesem Thema *Udo Jürgens ‚Ich war noch niemals in New York'* anhören.

Essentiell ist auch Humor. Ein kleiner Spaß am Rande darf nicht gleich zu ewigem Beleidigsein führen:

Auf einer Sommergeburtstagsparty von mir kamen einige Freunde zu früh bzw. pünktlich. Es gibt nichts Schlimmeres als Gäste, die bei einer offiziell um 20 Uhr beginnenden Party tatsächlich um Punkt 20 Uhr auf der Matte stehen. Da ist weder das Bier kalt, noch ist man selbst mit Duschen fertig.

Außerdem kann es richtig anstrengend sein diese Pünktlich-Kommer zu unterhalten, bis 90% der Eingeladenen um 22 Uhr eintreffen. Wie auch immer, bei einer Handvoll Personen kann man – und die Höflichkeit fordert es wohl – diese noch persönlich untereinander bekannt machen:

»Mit dem studiere ich.«

»Mit ihm spiele ich ab und zu Golf.«

»Er war in meiner Grundschulklasse.«

»Das ist ein Abi-Kollege.«

»Die, die kommt hier ab und zu zum putzen.«

Fand meine damalig-temporäre Freundin erstaunlicherweise gar nicht komisch.

Ein guter Test, um zu sehen, ob *Mann* und *Frau* für einander geschaffen sind ist ein dreiwöchiger, gemeinsamer Urlaub. Keinesfalls kürzer und wahrscheinlich besser nicht länger. Der normale Verlauf ist: in der ersten Woche läuft alles prima. In der zweiten Woche gibt es keinen Sex mehr. In der Dritten Woche werden nur noch Worte in aggressiver Stimmlage ausgetauscht und einer (statistisch eher *ER*) schläft auf dem Sofa.

Dann doch lieber die langjährige *gute Freundin*, am besten aus der Schulzeit, die pflegeleicht ist, ihr eigenes Leben führt, nicht ständig hofiert werden will, nicht eifersüchtig ist und ab und zu mal nach gemeinsam durchfeierter Nacht kuscheln möchte. Die Briten nennen das zutreffend Freundin mit *Benefit*. Man muss nur aufpassen, dass man sich nicht versehentlich Hals-über-Kopf in einer solchen Nacht in jugendlicher Naivität mit weinschwerer Seele zu überstürzten Versprechungen hinreißen lässt:

»Wenn wir mit 30 noch solo sind, dann heiraten wir, versprochen!«

Selbstverständlich habe ich diesen Fehler auch gemacht und bin nur knapp davon gekommen als sie mit 29 ¾ von einem anderen schwanger wurde und glücklicherweise auch noch wusste von wem. *Wegfall der Geschäftsgrundlage* nennt das der Jurist. Ich fühlte mich jedenfalls an mein damaliges Versprechen nicht mehr gebunden.

Abgesehen von diesen bestimmten Freundinnen mit *Benefit* ist die Beziehung zwischen Mann und Frau grundsätzlich nicht einfach, man könnte sogar sagen, äußerst kompliziert. Das beginnt schon mit der Zielgruppenproblematik des altersabhängigen Zueinanderpassens: Zwischen 15 und circa 20 sind die älteren und gleichaltrigen Mädels fast unerreichbar, da sie sich nicht mit den spätpubertären Jungs abgeben wollen. Sie streben nach den angeblich reiferen Männern mit Charme, Lebenserfahrung und – selbstverständlich – einem Porsche. Die jüngeren Mädchen spielen hingegen noch mit Puppen und sind sowohl *uninteressiert* als auch biologisch *uninteressant*. Schwierig. Diese ungerechte Situation ändert sich jedoch zunächst schleichend und sodann schlagartig mit zunehmendem Alter. Mit männlichen 30, um einen kleinen Vorblick auf das post-studiale Zeitalter zu geben, sind Frauen ab 20 interessiert und interessant und bis zum Alter von 35 leichte Beute – die Welle des verzweifelten »Oje, ich bekomm' keinen mehr ab!« spült sie dem gestandenen standesgemäßen Jura-Studenten und Juristen geradezu in die Arme, ohne dass man sich dagegen wehren kann.

Selbst wenn der Genuss und der körperbewegungsvermindernde Führerschein leichte Spuren am eigenen Körper hinterlassen haben – kein Waschbrettbauch mehr wie mit Anfang 20, sondern eher ein Waschbärbauch *oder*: warum soll ich mich mit einem Sixpack begnügen, wenn ich ein Fässchen haben kann? – tut dies keinen Abbruch. Die selbstsichere Auskunft: »Ich bin halt mehr der intellektuelle Typ!« gleicht das völlig überzeugend wieder aus.

ZWEITES SEMESTER

Das Studieren soll ja bekanntlich das freie und selbständige Denken anregen und fördern. Frei nach diesem Grundsatz überkamen mich am ersten Vorlesungstag des zweiten Semesters Zweifel an dem Sinn langweiliger Vorlesungen. Vielleicht lag der Ursprung des Gedankens die erste Vorlesung lieber doch ausfallen zu lassen aber auch in der Gewöhnung an die zweimonatigen Semesterferien. Jedenfalls entwickelte sich aus dem Entschluss, den ersten Uni-Tag, die erste Uni-Woche, die eine Vorlesungsreihe ausfallen zu lassen, fast unbemerkt ein ganzes Semester ohne Vorlesungsbesuch. Anfänglich stellte ich den Wecker noch auf neun Uhr und überbrückte die nächsten drei Stunden durch unterbewusstes Betätigen der Noch-9-Minuten-weiterschlaf-Taste. Nach einigen Tagen verschwand der Wecker ganz aus der Bett-Nähe. Elektromagnetische Strahlungen sollen ja bekanntlich die wichtigsten Schlafphasen stören und beim elektronischen Radiowecker wird dies in den Morgenstunden besonders deutlich.

Wer morgens lange schläft ist abends nicht müde und kann noch auf ein schnelles Bierchen weggehen und kommt wieder spät ins und dementsprechend spät aus dem Bett. Ein Teufelskreis, der schon so manches Semester auf dem Gewissen hat.

Aber Leute trifft man in der Uni auch gut am frühen Nachmittag in der Mensa oder am späten Nachmittag mit einem

Kaffee vor der Bibliothek. Das Leben funktioniert erstaunlicherweise wunderbar ohne das Bett früh zu verlassen. Ich kann jedenfalls nur empfehlen ruhig mal ein Semester im Bett zu bleiben; oder Willensstärke zu demonstrieren und konsequent ein halbes Jahr lang keinen Tag vor 12 Uhr oder auch mal deutlich später aufzustehen. Die Tierwelt hat uns das vorbildlich und ausdrucksstark mit der Institution Winterschlaf vorgeführt. Können Millionen Bären, Igel und Eichhörnchen tatsächlich irren? Wer hat schon von einem Braunbären mit Sorgenfalten oder Herzrasen gehört?

Es ist allerdings doch etwas merkwürdig wenn man sich nach dem Aufstehen beeilen muss um pünktlich auf der Party zu sein.

An dem letzten matschigen Dezemberwochenende dieses unnützen Semesters war es dann soweit, ich hatte nicht nur mal wieder fast irgendeine dieser studentischen Feierlichkeiten verpasst. Mein erster schlaftrunkener Blick aus dem Fenster verriet mir, dass es – wie üblich – bereits dunkel draußen war. Der zweite Blick war informativer: 21.13 Uhr und Freitag, der 31. Dezember. Das Datum löst zwangsläufig Assoziationen aus. Genau, Silvester.

Silvester verursachte bei mir seit einigen Jahren immer ein gewisses Unbehagen. Im Jahr Eins der Zeitrechnung anno Führerschein hatte ich mich mit einem Freund, der ebenfalls frisch den Führerschein besaß, vier weiteren Statisten und – hier beginnt der Fehler – *einem* äußerst attraktiven Mädchen verabredet, um zu einer Party irgendwo im Berliner Osten zu fahren. 7 Leute, 2 Autos, schon anfänglich ein Streit, bei wem *SIE* mitfährt und wer neben *IHR* sitzen darf. Zwischenstop an der Tanke – erneuter Streit. Der Abend endete damit, dass wir uns mitten auf einer zugeschneiten Kreuzung um Mitternacht gegenseitig mit Knallern bewarfen und *sie* mit dem Bus nach Hause fuhr. Ich habe nie wieder etwas von ihr gehört; auch kein anderer dieser Silvestercombo.

Das vorangegangene Silvester verlief auch nicht viel erfreulicher. Ich hatte mich mit einer ganz heißen Neuerrungenschaft für eine Silvesterparty bei einem gemeinsamen Freund (bei mir Grundschulfreund aus alten Zeiten) verabredet. Um drei Uhr morgens. Wichtig wie man nun mal war, besuchte man allabendlich nicht nur eine Party, sondern standesgemäß mindestens drei. Ein guter Freund von mir perfektionierte das Party-Hopping so sehr, dass er letztendlich samstagabends nur noch im Auto saß und Treppen herauf- und herunterlief. Kein Bier, kein Quatschen, zu beschäftigt!

Ich schaffte es mit letzter Willenskraft und letzter Bierwegzehrung um Punkt drei auf die Party – wie man als Gentlemen nun mal pünktlich kommt, wenn man alle *James Bond* Teile mehrfach gesehen hat. Meine Verabredung war nicht pünktlich.

»Wird schon noch kommen« dachte ich, »zu spät kommen ist das Privileg der Schönen«.

Die Stimmung der Party war schon ziemlich am Ende und ich kannte – außer dem total zugekifften Gastgeber – keine Seele. Ich gesellte mich daher zu dem weiblichen Partyrest auf ein Sofa. Ohne jeglichen Hintergedanken, denn die sahen auch aus wie ‚Reste'. Als mich die kleine abendliche Biermüdigkeit überkam machte ich meinen beiden neuen *Alice-Schwarzer*-Freundinnen den Vorschlag:

»Mädels, ich muss mal die Äuglein kurz zu tun und mich ausstrecken, seid doch so nett, geht mir ein Bier aus der Küche holen und setzt Euch dann woanders hin.«

Tatsächlich zogen die Beiden ab und überließen mir den gemütlichen Platz. Von meinem eigenen Charme überwältigt verfiel ich kurz danach in den Schlaf der Gerechten. Die beiden hatten mir allerdings kein Bier geholt. Vielmehr wachte ich wenig später von einem merkwürdig feuchten Gefühl zwischen den Beinen auf. Es gibt in dieser Region angenehme und eher unangenehme feuchte Überraschungen. Diesmal war es keine angenehme der Art, die man von Thailandurlaubern oft berichtet bekommt:

»Ey, Alter, ey, war ich in so einer Bar, kurz eingepennt, wache auf, guck' nach unten und denk' ‚Mensch, wer nuckelt denn da an mein Pillermann'«.

Stattdessen: alles nass bis zum Knie.

»Uiuiui, ganz schön peinlich, ist dir ja schon ewig nicht mehr passiert! Kann doch gar nicht sein.«

Erleichternde Aufklärung brachte der Blick nach links. Zwei noch tropfende, fast leere Mineralwasserflaschen lagen neben mir. Fehlte nur noch der Abschiedsbrief meiner ehemaligen Sofa-Genossinnen.

Auch meine Partyverabredung kam nicht mehr. Als ich am nächsten Mittag mit erheblicher Blasenverkühlung – der Heimweg war lang, die Hose nass, das Wetter mies – ans Telefon robbte erklärte sie mir, dass sie leider nicht mehr kommen konnte, da sie vorher auf einer orgienähnlichen Party eine alte Schulfreundin widergetroffen, ihre lesbische Ader entdeckt hatte und mit ihr zusammengekommen war. »Nein«, mal zugucken ginge auch nicht. Schönen Dank!

Das Silvester davor schob ebenfalls seine Langzeitwirkung vor sich her. Hart und erbarmungslos bei nahezu jedem Frühstück. Konkretisiert: Kirschmarmelade. Der Anblick und erst recht der Geruch löste bei mir noch viele Jahre danach einen heftigen Würgereiz aus. Zurückzuführen ist das auf die an jenem Silvesterabend viel zu früh zu Neige gegangene Biervorräte und dem Versuch des hierfür Verantwortlichen, seine Schuld mit einer Kiste von Oma's *Eckes-Edelkirsch* zu kompensieren. Schmeckt auf den ersten Schluck ganz lecker. Allerdings nur Speiseröhren-abwährts. Wenn die zweite Flasche hart backbord dreht, mächtig anluvt und steil hervorschießt geht einem das Kirschzeug doch ganz schön auf den Geist. So wurde wahrscheinlich auch der Begriff *Kirschgeist* erfunden.

Vergleichbare Erfahrungen hatte ich bisher nur Jahre zuvor mit übermäßig Amaretto gemacht, aber der Geschmacksstoff ist in so wenigen alltäglichen Lebensmitteln enthalten, dass diese Erfahrung nur begrenzte Spätfolgen hatte. Apfelsaft mag ich übrigens auch nicht besonders...

Es war also wieder mal Silvester. Das konnte ja heiter werden! Die kleinen grauen Zellen meines ausgeruhten Kleinhirns machten sich auf den Weg zum gedanklichen Link in meinem Großhirn, welches meine Termine verwaltete. Damals, bevor ich damit anfing mein Hirn zu entlasten und *Outlook*, eines dieser großartigen Helferlein aus der bekannten Monopolschmiede zu benutzen. Also mein Hirn verriet, dass eine Silvesterparty bei einem Freund aus Reinickendorf anstand. Dazu müsst Ihr Nicht-Berliner wissen, Reinickendorf ist sozusagen Südschweden. Ganz im Norden von Berlin und sehr weit weg von Zehlendorf im Südwesten. Losgehen sollte es dort auch schon um 20 Uhr mit Fondue, sagte mir ein kleiner gelber Klebezettel, der an meinem Badspiegel hing.

Schnell ein blau-weiß kariertes Hemd von der Kleiderstange gezerrt und ins Auto gesprungen. Natürlich war der Tank mal wieder leer. Wie immer, wenn man es am Wenigstens braucht.

Eigentlich jedoch war der Tank immer leer. Ich hatte damals die Theorie, dass man weniger fährt und dadurch Benzin spart, wenn das kleine Reservelämpchen bereits blinkt. Rückblickend stimmt das selbstverständlich nicht. Zum Bäcker und Bierholen bin ich weiter mit dem Auto gefahren, mit oder ohne alarmierend gelbem Licht auf dem Armaturenbrett. Resultat war nur, dass ich einen großen Teil meines damaligen Lebens an der Tankstelle verbracht habe, um mal wieder 20 Mark in den Tank zu schmeißen. Damals ging das noch. Bei den heutigen Benzinpreisen liegt wahrscheinlich der Benzingegenwert von zehn Euro unter der Mindestabgabemenge. Außerdem macht man die Erfahrung, dass der Motor immer dann benzinbedingt ausgeht, wenn man gerade unter einer Bahn-Unterführung durchfährt oder sonstige stadtübliche Berge zu bezwingen hat. Also dort, wo es sich bestimmt ganz unangenehm schiebt. Auch doof, wenn die neue Begleitung beim ersten Date mitschieben muss. Soweit ich daher diesbezüglich einen Tipp geben darf: Volltanken ist, zumindest in manchen Situationen, doch gar nicht schlecht. Außerdem besteht bei ständigem Reserve-Fahren das Risiko, dass der Tank durchrostet. Ehrlich!

Nachdem ich die Benzinproblematik gelöst hatte, erreichte ich noch gegen kurz nach elf die Party. Das Büfett war natürlich schon leer und das Fonduefleisch aufgezerrt. Es blieb nur Brot und das Hoffen auf spätere Spiele. Potentielle Gespielinnen waren zumindest schon zu erblicken. Keine Erstklassigen, aber wenigstens keine Dicken.

Minderintelligent ist kein Hindernis. Nicht nur wegen des (wahren?) Sprichworts, sondern auch weil man dieses Problem ebenso wie ein oder zwei Pickel, BH-Größe 70A und Gurkenbeine mit den üblichen Party-Utensilien gelöst bekommt. Wenn man sich ganz schnell voll macht nehmen Intelligenz und Aussehen der Gegenüber-Dame proportional zu jedem Promille Blutalkohol zu. Das ist jetzt sogar schon aufwendig wissenschaftlich bewiesen worden. Die hätten mich nur fragen brauchen...

Den Probierfreudigen, die schon mit 5 den Physik-Baukasten gut fanden, empfehle ich jedoch mal zu versuchen, sich eine Partybekanntschaft schön zu trinken, die 10 Kilo zu viel hat. 10 Kilo zu viel meint hierbei nicht 10 Kilogramm über dem mathematisch errechneten Idealgewicht nach *Dr. Strunz* oder Body-Mass-Index, sondern 10 Kilo über der Schallgrenze von ,ich könnte mir vorstellen, dir heute Abend zwei Stunden in meinem Wasserbett zu gönnen'. Und diese Grenze ist schon wiederum mindestens 10 Kilo weit weg von ,ich könnte mir vorstellen, morgen neben dir aufzuwachen'. Sollte man also aus der Not des sich zu Ende neigenden Abends heraus in bemitleidenswerter Verzweifelung versuchen, sich mit 10 Kilo zu viel abzugeben und das Problem mit einer guten Alkoholisierung anzugehen, so ist dies bereits von Beginn an zum Scheitern verurteilt. Man(n) kann sich das nicht schön trinken. No way! Da hilft auch chemische *VIAGRA*-Geilheit nicht.

Dieses Problem schien allerdings an dem besagten späten Silvesterabend nicht zu bestehen. Nur kleinere Äußerlichkeiten galt es Vodka-mäßig auszugleichen. Schnell, da nüchtern eine Party zwischen Trunkenbolden mit drei Stunden Vorlauf ohnehin nicht zu ertragen ist. ,Wir können auch ohne Alkohol lustig sein' ist nicht vertretbare Mindermeinung.

»Es muss entschieden mehr gesoffen werden!«

Flasche gegriffen und Gas gegeben. Whiskey, Gin, Vodka, Bier im Wechsel. Offensichtlich zu schnell oder zu viel Wechsel. Jedenfalls drang es mich noch vor Mitternacht den prämierten, liebkosten und zentralen Lebenswerk darstellenden englischen Rasen des Vaters meines Bekannten im Vorgarten mit einer gelegten Pizza zu beglücken. Dreiviertelverdaute Spaghetti Bolognese vom vorherigen Spätfrühstück. Farblich auf knappgrünem, ordentlich gestutzten Designerrasen besonders attraktiv. In meiner geschundenen Not kam mir in den Sinn, ‚spülen' zu müssen, wie man ja sonst in solchen Situationen auch gewohnt ist. Mit der intuitiv unauffällig herausgeschmuggelten 0,7-Liter Mineralwasserflasche ging das allerdings nur unbefriedigend. Anders als bei Salzsäure löst es sich nicht beim ersten Kontakt auf und ohne Loch im Porzellan verschwindet es auch nicht mit einem schlürfenden Geräusch im Kanalisations-Nichts. Im Gegenteil, eine Flasche Mineralwasser bei Minus zehn Grad Außentemperatur gestaltet sich in Sekunden zu einem kunstwerklichen Fossil für die temporäre Ewigkeit. Wir wollen Ewigkeit in diesem Zusammenhang definieren als zeitlichen Zustand bis zur nächstmorgendlichen Aktion des kleinen Bruders meines Gastgeberfreundes mit Spaten, Spitzhacke und heißem Wasser.

Wer es wissen will: keine Wasserbett-Begleitung an diesem Abend.

BÜCHER

Nach dem völlig verpennten Zweiten Semester machte ich eine überraschende Erfahrung: die Entdeckung einer ganz neuen eigenen Seite – das Gewissen. Vor allem das schlechte Gewissen. Lebte es sich bisher gut und frei nach dem Motto ‚Mein Gewissen ist rein, denn ich habe es noch nie benutzt.', kamen langsam ernsthafte Zweifel auf, Teile des Lebens unnötig im Bett zu verbringen und etwas zu verpassen. Eine erste Phase guter Besinnung folgte. Die zweite dergleichen sollte sich noch einmal kurz vor dem Examen – allerdings in hundertfacher Stärke – wiederholen. (Bis dahin war es aber zum Glück noch ein Stück hin.)

Den ersten Tag im Dritten Semester fühlte ich mich königlich, bereits um acht Uhr aufgestanden zu sein und um neun in der ersten Vorlesung zu sitzen. Und das ganz aus eigener Kraft. Nicht Mama hatte aus dem Bett und in die Schule gezwungen, sondern aus eigenem Antrieb, unüberwacht aus der eigenen Wohnung heraus. Was hatte man doch für einen bärenstarken Willen.

Schon wenige Minuten später war es unvermeidlich die guten Vorsätze noch einmal zu überdenken. Die allgemeine Langweile der Vorlesung und des alltäglichen Jura-Studiums überkam einen in brutalen Schritten.

Sollte das wirklich die nächsten Jahre so weitergehen? Selbst bei schneller Studiendauer waren es noch bestimmt, »3-4-5-6-7«, fünf aktive Semester. Eine nicht hinnehmbare Vorstellung. Der unter den Kommilitonen allgemein umherirrende Gedanke an einen Studienfachwechsel wurde immer lauter und nahm die Verfolgung durch Vorlesungssaal, Wandelhalle und Cafeteria auf.

»Nein!« Stark bleiben. Eine Vielzahl Juristen hatte es schon vorher geschafft, die mentale Blöße einer Kapitulation konnte nicht zugelassen werden.

Eine Lösung bot sich in den Büchern. Eventuell war es ja möglich, allzu langweilige Vorlesungen durch wahrscheinlich nicht minder langweilige, dafür aber nachmittags und in der Badewanne lesbare Bücher zu ersetzen.

Die Namen von wichtigen juristischen Büchern schwirrten umher und wurden allgegenwärtig. Überhaupt wurde es Zeit seinen Intellekt durch das Herumtragen von großen schweren Jurabüchern zu präsentieren. Wenn schon kein Golfbag auf der Rückbank, musste wenigstens der 3.500-Seiten starke *Schönfelder* in natürlich künstlich etwas abgegriffenem Karton oder alternativ ein etwas zerfleddertes BGB in der Taschebuchausgabe her.

Nach dieser ersten Vorlesung meines ersten Neu-Motivationstages verließen die Kollegen Kommilitonen murmelnd die Hörsäle. Namen von wichtigen Bücherautoren wurden aufgesagt. Natürlich hatte ich die Buchempfehlungen mal wieder aufgrund eines Gesprächs mit meiner Sitznachbarin und eines wirklich nur ganz kurzen Schläfchens verpasst.

Nach der nachfolgenden Verwaltungsrechtsvorlesung war jedoch klar, ein *Maurer* musste her. Keine Ahnung warum. Aber der Drang war ganz stark. So ähnlich müssen diese

Kaffeefahrten funktionieren: eine Rheumadecke, eine Rheumadecke... lächtz!

Maurer? Was war das eigentlich für ein Buch? Bestimmt diese Gesetzessammlung mit den wichtigsten Berliner Verwaltungsgesetzen. Ich folgte also den anderen in die nahegelegene Buchhandlung und verlangte auch einen *Maurer*. Ganz cool und lässig. Taschenbuch. Unverschämte 19,50 Euro (damals noch 38 Deutsche Mark).

Die ersten Wochen lag das Buch ohne meines Blickes gewürdigt zu werden auf der Ablage im Auto neben der alten BGB-Ausgabe und den Golfbällen. Golfbälle sollte man immer dabei haben. Es kann ja sehr gut sein, dass man welche spontan benötigt. Es ist zwar schon geraume Zeit her, dass ich seit meinem Uni-Golf-für-Einsteiger-Kurs bei dem schwarzen US-Pro mit nur neun Fingern noch einmal auf dem Green stand, aber man weiß ja nie.

Eines Tages erinnerte ich mich wieder an meinen Buchkauf und warf einen Blick hinein. Keine Berliner Gesetze. Ein Lehrbuch. Öffentliches Recht. 500 Seiten engster Text. Keine Bilder. Ich hatte mich geirrt. Zwei Monate später hatte ich das Vorwort durch. Den *Maurer* darf man nicht kurz nach dem Aufstehen oder kurz vor dem Schlafengehen lesen und auch nicht nach dem Essen. Entweder es verdirbt den Tag, führt zu Alpträumen oder Verdauungsbeschwerden. Eigentlich darf man sich den *Maurer* nur zwischen 11 und 12 Uhr dienstags im Stehen zu Gemüte führen. Wer beim Lesen liegt oder sitzt verfällt auf der Stelle in einen tiefen Schlaf. Eines Tages werde ich meine Geschäftsidee umsetzen und den *Maurer* auf einer Audio-Kassette gegen Einschlafbeschwerden auf den Markt bringen.

Ich folgte also dem Vorbild meines Kumpels und legte den *Maurer* mit Lesezeichen in der Mitte zum Beeindrucken neben das Bett. Gleich neben *Der Spieler* von *Dostojewski*, der zwar auf Reisen mein ständiger Begleiter, aber bisher noch ungelesen geblieben war. *Der Spieler* beschäftigte mich schon eine geraume Weile auf diese Art und Weise, seit mein Automechaniker in einem Small-Talk-Gespräch mal daraus zitiert hatte und darauf verwies, dass »wir den ja beide gelesen haben«. »Selbstverständlich« gab ich zurück, »das sind alles sehr gute Ansichten in diesem Buch«. Seit dem stand also *Der Spieler* auf meiner To-Do-Liste und mein Auto ließ ich vorübergehend in einer anderen Werkstatt reparieren.

Auch aus dem *Brox*, meinem ersten eigenen juristischen Buch, kannte ich zwar nach einiger Zeit das Vorwort auswendig, kam aber nicht über das erste Kapitel hinaus. Jeder Versuch scheiterte an der allmählich Wirklichkeit werdenden Trockenheit des Faches. Die Trockenheit der Juristerei geht mitunter schon soweit, dass postum der Hamster eines Kommilitonen *Brox* genannt wurde, weil er vor wasserverweigernder Trockenheit umkam.

Doch Jura ist ein seit vielen Jahrhunderten gelehrtes Fach und zum Ende des 20. Jahrhunderts erbarmte sich Gott und entsandte *Herrn Braunschneider* auf die Erde. Ein lebensfroher Kölner Rechtsanwalt, der juristisches Basiswissen ohne wissenschaftlichen Anspruch auf humoristische Weise in die hässlichst designten Bücher der Welt (beißend neogrün, -gelb oder -rosa) goss. Die Lektüre reicht zwar nur für eine Schein-Punktzahl im unteren Mittelfeld, verzögert aber die ersten grauen Haare um ein entscheidendes Stück.

AUTOS

Das Thema *Auto* ist ganz wichtig im Leben eines jungen Jurastudenten. Nicht nur, damit man sich über die wenigen Parkplätze vor der Uni aufregen darf, sondern weil ein Auto grundsätzlich zum standesgemäßen Juristen dazu gehört. Ohne Auto ist man nur ein halber Mensch. Dies gilt schon bildlich, da man erfahrungsgemäß mit Bestehen des Führerscheins und Erwerb des ersten eigenen Gefährts sein alltägliches Lauf- und Fahrradfahrpensum deutlich einschränkt und das eigene Körpergewicht um einen entsprechenden Faktor erhöht.

Weiterhin ist das Auto nicht nur ein Sinnbild der persönlichen Freiheit, sondern auch Ausdruck der eigenen Persönlichkeit. Davon habe ich schon als Elftklässler versucht meine Deutschlehrerin zu überzeugen, als ich in einer Klausur die Interpretation von Fontanes „John Maynard' spontan verweigerte und statt dessen einen Besinnungsaufsatz über die Sinnbildlichkeit des *Lamborghini Countach LP 500 S* schrieb. ,Thema verfehlt: 6 – Rechtschreibung und Stil 1 – Ergebnis insgesamt 3(-)'. Immerhin!

Das Auto ist Teil des Lebensraums, mit dem einen nach einiger Zeit etliche Erfahrungen tief verbinden. Insbesondere der erste eigene Wagen. Ich wollte immer einen schwarzen *Lamborghini*, jedenfalls nie einen weißen Kleinwagen. Natürlich war mein erstes Auto ein kleiner weißer *Renault*. Unmännliches Frauenauto? Nicht ganz, der Unterschied lag im Detail: eine für das Gewicht des Wagens großzügige Motorisierung, ganz dezent tiefergelegt, auf der Stoßstange der Aufkleber ‚Ich bin für jede Art der Frauenbewegung – sie muss nur rhythmisch sein!' und im Kofferraum eine Kiste Bier. Gerade Freunde aus ländlichen Kleinstädten waren jedes Mal schwer beeindruckt, wenn man an einer roten Ampel auf dem Kurfürstendamm kurz ausstieg und mit zwei Bier aus dem Kofferraum zurückkehrte.

Hunderte von Erinnerungen steckten in diesem Wagen. Etwa die dreiwöchige Fahrt durch Frankreich. Eine Grundschulfreundin und vier Freundinnen von ihr planten eines Sommers quer durch Frankreich zu fahren und zusammen mit einem Freund aus meinem Abijahrgang schloss ich mich sehr spontan an. Auf dem Berliner Ring, 40 Kilometer hinter der Stadtgrenze, fiel uns ein, dass wir gar kein Zelt hatten. Eifriges Herumtelefonieren bescherte uns dann jedoch kurzfristig das Kinderzelt eines kleinen Bruders des Patenkindes einer Arbeitskollegin meines Nachbarn. Das Zelt war allerdings eher für den Einsatz im Wohnzimmer, allerhöchstens mal an einem warmen Sommertag im Vorgarten, konzipiert. Bei harten Einsatz in der französischen Wildnis wachten wir jeden Morgen durch von der Innendecke stürzende Wasserfälle auf. Entweder es hatte nachts geregnet und Wasser war durch den dünnen Stoff gedrungen oder die eigenen Biertranspirationen des Vorabends hatten sich in dem 1,70 mal 1,20 Meter großen und knapp 1,10 hohem Plastikzelt an der Decke gesammelt, um dann herabzustürzen. Wir zogen es bei zu warmen oder zu nassen Nächten daher anschließend vor im Auto zu schlafen. Noch Monate später fand ich in dunklen Ecken des Innenraums Baguette-Reste, Bierflaschen-Kronkorken und – weniger erfreulich – alte Socken meines Weggefährten. Mein erster und letzter Zelturlaub übrigens.

Natürlich ist auch das Erste Mal im eigenen (!) Auto eine bleibende Erfahrung. Bei mir war diese ganz besonders bleibend, da ich mit noch beschlagenen Fensterscheiben nachts auf dem Uniparkplatz erst einmal frontal gegen einen Laternenpfahl geknallt bin. Der Aufprall hat den Kühler derart eingedrückt, dass dieser nachfolgend jedes Mal ein Höllenlärm machte, wenn die Kühlwassertemperatur über 90 Grad stieg.

Nach dem zweiten Stau an einem heißen Sommertag und mehreren Erfahrungen mit erschrockenen Fußgängern, die dachten mein Auto explodiere gleich, war es Zeit für ein neues Vehikel. Inspirieren ließ ich mich diesmal von *Ryan Phillippe* als *Sebastien Valmont* in *Eiskalte Engel*, der vorgelebt hatte wie cool man mit einem schwarzen Cabrio und Sonnebrille sein kann. Es wurde zwar kein 56er *Jaguar Roadster*, aber lasst Euch sagen, ein schwarzer 82er *Alfa Spider* mit beigen Ledersitzen ist fast vergleichbar...

GELD

Bei den meisten modernen Studenten besteht das Studentenleben nicht nur aus Faulenzen und ab-und-zu zur Uni gehen, sondern auch aus Arbeiten. Vorbei sind die Zeiten des ausgehenden Mittelalters, in denen das Studium und alles was sonst das Leben ausmacht ausreichend durch Papis monatlichen Scheck finanziert werden konnte. Entweder die finanziellen Mittel der Eltern reichen nicht aus um die benötigte Summe monatlich herüberzureichen oder die Eltern finden es einfach nicht richtig, wenn der Sohn oder die Tochter bequemlich ohne eigene Mühen alleinig vom Unterhalt lebt:

»Junge, so hart studierst du nicht, da ist es gut, wenn du nebenbei mal den Ernst des Lebens kennen lernst und ein paar Tage im Monat arbeitest.«

Blablablup!

Was bleibt einem übrig? Der gesetzlich vorgeschriebene Unterhalt orientiert sich wohl eher an einem herumhängenden Politologie- oder Lehramtsstudenten, der seine Pullover selbst strickt. Ein Jurastudent, der etwas auf sich hält, braucht da schon ein bisschen mehr Bares für die Grundausstattung: Handy, Notebook, jede Menge blaue, weiße und blau-weiße Hemden, ein Auto und natürlich auch zwei oder drei Bücher, die man neben das Bett oder hinten im Auto auf die Ablage legen kann. Abgesehen von diesen Anschaffungen umfassen die laufenden Kosten noch Besuche von Partys und Cocktail-bars für das persönliche Beziehungsnetzwerk, Karneval in Köln im Februar (sehr zu empfehlen!), Maibaumkraxeln in Passau im Mai (nie gemacht, aber soll gut sein), Sylt über Pfingsten (na ja, vielleicht etwas zu snobistisch), Mallorca im Sommer (keinesfalls Ibiza!) und im Herbst dann Oktoberfest in München (zumindest jedes zweite Jahr).

Die *Düsseldorfer Tabelle* und auch das *BAFÖG*, soweit man dazu überhaupt berechtigt ist, gibt schon bei der Hälfte der Wünsche elendig auf. Man muss sich also doch ins Arbeitsleben stürzen. Manche haben hierbei Glück und bekommen etwas angemessenes, andere haben Pech und bekommen lediglich schlechtbezahlte Jobs, für die sie eigentlich maßlos überqualifiziert sind. Ich hatte Glück und fand recht häufig passable Angebote.

Was man immer empfehlen kann sind Hostess- und Promotiontätigkeiten. Entweder auf Veranstaltungen oder auch mal auf einer Messe. Zwar fordert es einen meist nicht übermäßig intellektuell, aber oft sind die Leute nett und die Tätigkeit macht weitestgehend Spaß. Außerdem sollte man – jedenfalls als Single – die Quote überaus attraktiver, potentieller Partnerinnen nicht vernachlässigen.

Die Bezahlung ist ebenfalls hervorragend und die Drinks auf den After-Show-Partys gibt es auch gratis. Aber: Don't drink and drive! Sonst kann es passieren, dass einem auf dem Heimweg plötzlich ein parkendes *Jaguar*-Cabrio vors Auto springt. Zum Glück begnügte sich die Schweden-Schlampen-blondierte Freundin des zu diesem Zeitpunkt auf Reisen befindlichen Jaguar-Besitzers wenigstens mit der Angabe meiner Personalien und verzichtete auf Polizei.

Eine andere richtig *heiße* Alternative zum Arbeiten ist die Börse. *André Kostolany*, der alte Ungar hat allerdings schon richtig erkannt:

»An der Börse kann man kein Geld ‚verdienen’, eigentlich auch nicht ‚gewinnen’, sondern zumeist nur ‚leihen’ und hochverzinst ‚zurückzahlen’.«

Es passiert einem immer der gleiche blöde Fehler: bei Gewinnen steigt man zu schnell aus, die Aktien steigen noch ins Unermessliche und bei Verlusten ist man zu eitel seine Buchverluste zu realisieren und wartet bis zum Sanktnimmerleinstag. Natürlich steigen diese Werte auch später nicht mehr und jeder Blick ins Depot löst ein leichtes Herzstechen aus.

Neben Internetaktien kann man auch mit Derivaten verschiedenster Art, also z.B. Optionsscheinen richtig Spaß haben. Man wettet einfach auf steigende oder fallende Kurse und macht sich zunutze, dass schon eine geringe Veränderung des Basiswertes, z.B. *DAX* eine riesige Veränderung des Optionsscheins nach sich zieht. Die Steigerung hiervon ist die *EUREX*, an der *Options* und *Futures* im großen Stil gehandelt werden. Wenn man will, kann man eine ganze Erbschaft in weniger als einem Tag verzocken oder sich bis über beide Ohren verschulden. Zusammen mit einem alten Schulfreund, der gerade seine Bankausbildung beendet hatte (und heute in der Derivate-Abteilung einer deutschen Großbank Ahnungslose ins Verderben lockt), machte ich mich ans Werk. Zum Glück hatten wir keine Erbschaft und auch nicht die ausreichende Bonität, um übermäßig auf Kredit zu kaufen. Verloren haben wir trotzdem eine ganze Menge. Ich bereue es aber dennoch nicht. War richtig spannend. Allein für das Gefühl dort bei den Großen mal mitspielen zu dürfen, hatte es sich gelohnt. Über die Großbanken dürfen aufgrund des Risikos normalerweise nur richtig erfahrene und millionenschwere Kunden an der *EUREX* handeln. Wir beantragten unsere Zulassung jedoch bei einer damals noch sehr jungen Direktbank, bei der alles schriftlich und telefonisch ablief. Bei dem Fragebogen über die Einkommensverhältnisse und das vorhandene Vermögen machten wir einfach drei Kästchen weiter unten unsere Kreuzchen und telefonisch versicherten wir, ‚seit Jahren über unsere Hausbank Termingeschäfte zu machen, lediglich seien die Gebühren dort unverhältnismäßig hoch'. Als wir dann kurz danach frei geschaltet wurden, ging es los: *DAX-Calls* kaufen, Basis richtig aus dem Geld, Laufzeit bis zum Ende der Woche, die sind schön billig. Und dann natürlich den ganzen Tag Börse gucken, den Intraday-Chart vom *DAX* alle 15 Sekunden aktualisieren und mit der Nase am Monitor kleben, nichts essen um nichts zu verpassen, geht es rauf oder runter? Meistens passiert gar nicht viel und am Ende des Tages hat man für Online-Gebühren und An- und Verkaufsprovisionen mehr ausgegeben als der Call gestiegen ist. Erstaunlicherweise verliert so ein verflixtes Ding auch öfter 50% seines Wertes in einer Stunde, als dass der Wert um 20% an einem Tag steigt.

Manchmal ist die Börse allerdings auch richtig gehässig und plötzlich taucht im Depot unter der Spalte *Kurswert* ‚n/a' auf. Dieses gerade zur Hochzeit des Internetbooms gefürchtete Zeichen heißt so viel wie, ‚Zahlungsunfähig, Unternehmen pleite, Aktien werden nicht mehr gehandelt, Geld leider komplett verloren'. Hätte man beim Kauf der Aktien *China Online Bermuda Limited* oder *Virtuallender.com* gar nicht gedacht, hörte sich doch so seriös an. Eigentlich war es doch ganz sicher, dass diese Aktien zu 6 Cent pro Stück eine konservative Anlage sind. Macht nichts, viel dazu gelernt, irgendwann räche ich mich vielleicht und zocke auch ein paar gutgläubige, geldgierige Anleger ab.

Demnach habe ich jetzt wohl noch einen dritten Wunschberuf neben Zuhälter und Rechtsanwalt in Aussicht: Kapitalanlagebetrüger. Aber auch dafür habe ich bestimmt mit Jura die richtigen Weichen gestellt.

Nachdem ich genügend Geld in dieses schwarze Loch namens Börse geworfen hatte, begann ich einige Wochen später wieder mit der Job-Suche.

DALLAZ-CHARTA

Schon früher hatte ich hin und wieder mit einem alten Schulfreund Studenten- oder auch Schülerpartys veranstaltet. Anfangs aus Spaß und mit der Zeit auch mit *Gewinnerzielungsabsicht.* Wir hatten Räumlichkeiten gemietet – am beliebtesten waren Uni-Mensen – und Security, DJ, Barpersonal, Musikanlage und Getränke organisiert. Anschließend wurde mittels einiger Tausend Flyer und Plakate die Werbetrommel gerührt und teilweise ist es uns auch gelungen mehr als tausend zahlende Gäste zusammenzubekommen. Am allerwichtigsten war hierbei jedoch das Chef-Sein. Hatte man sich vorher über irgendwelche Türsteher, die einen warum auch immer nicht reinlassen wollten oder Kassierer, die keinen Gruppenrabatt gewährten, geärgert, so konnte man diesmal aus überlegener Arroganz die anderen mit gleichen Mitteln ärgern:

»Du fliegst raus, du nervst!«

Eigene Partyerfahrung ist allerdings unbedingte Voraussetzung für das Veranstalten einer solchen Feier. Sonst wird das schnell ein teures Abenteuer. Es sind nicht nur die Eintrittsstempel-Nachmacher zu beobachten sondern auch der Trick mit den Biermarken zu beachten: Auf vielen Partys kauft man an einer Kasse, etwa am Eingang, Plastik-Chips oder ähnliches, die man später für Bier oder andere Getränke an der Bar einlöst. Auf einer Karnevalsparty in Köln kam dem Veranstalter das teuer zu stehen und uns bescherte es einen Freibierabend. Ich hielt mich einfach so lange in der Nähe der Kasse auf, bis jemand den Biermarken-Verkäufer mit Namen ansprach. Mit der Kenntnis dieses Namens schlenderte ich dann zum Bierausschank und sprach den dortigen Zapfer an:

»Felix von der Kasse schickt mich, die Biermarken sind fast alle. Ich soll die hier bei dir abholen und wieder zu ihm bringen.«

»Okay. Hier in der Kiste.«

Das machte etwa 500 Freibier für mich und meine Kumpanen. Für den Veranstalter war das natürlich nicht so schön.

Dieses Party-Veranstalten hat mich auch gelehrt, dass Macht und Erfolg sexy machen. Für freien Eintritt oder einen Frei-Drink an der Bar haben sich so Einige ordentlich angebiedert. Bei einer recht Attraktiven aus dieser Hoch-Schlaf-Fraktion hatte ich dann auch nachgegeben und mich mit ihr in den Getränkelagerbereich hinter der Bar verzogen. Gummis hatten wir leider schon wieder keine dabei (es scheint mein Schicksal), aber ich bin auch so auf meine Kosten gekommen und sie hatte Geschmack daran gefunden.

Leider hatte mein Party-Kollege und alter Schulfreund sich auch just an diesen Tag überlegt, das Macht-macht-sexy-Rezept auszuprobieren. Unglücklicherweise mit dem gleichen Mädel und nur einige Minuten nach mir. Allerdings nur mit Knutschen. Als er von dem ganzen Ablauf im Detail zufällig einige Tage später erfuhr, möchte ich nicht seine Zahnbürste gewesen sein.

Dieses unglückliche Geschehen haben wir zum Anlass genommen, über Männerfreundschaften und Loyalität untereinander nachzudenken und eine Charta von *DOs* und *DONTs* aufzustellen. Die s.g. Dallaz-Charta. Das hat jetzt nichts mit der alten langweiligen Fernsehsendung zu tun, sondern mit einem kleinen Mini-Pizzaladen namens *Dallaz-Imbiss* am Kurfürstendamm. Dieser war unser donnerstagabendlicher Treffpunkt für ein *Vodka-Red Bull* und eine Minipizza, bevor in die Partynacht eingetaucht wurde.

Ein Punkt unserer *Charta* sah vor, dass schon bei kleinerem Bedenken eines Konflikt, welcher Art auch immer, sofort eine Rundemail oder –SMS verfasst und die neue Bekanntschaft auf freundschaftliche Inkompatibilität überprüft wurde. Vergleichbar mit einem *Conflict-Check*, den große Anwaltskanzleien und Unernehmensberatungen automatisiert bei jeder neuen Mandatsannahme durchführen.

Ein solcher Check konnte nicht nur unglückliche Parallelzufälle – wie eben auf dieser besagten Party – vermeiden, sondern auch sonstigen Streit im Frühstadium verhindern, wie etwa Parallelbemühungen. Auch bei Verflossenen ist ohne solche Vorkehrungen regelmäßig Ärger nicht auszuschließen. So mancher Besitzstandsgedanke kann sich auch nach Jahren noch angegriffen fühlen. Allzu oft beobachtet man, dass gute alte Freundschaften wegen Streitigkeiten um das andere Geschlecht bzw. um eine bestimmt Person des anderen Geschlechts auseinanderbrechen. Eine völlig unsinnige Angelegenheit. Meist sind in diesem Alter Beziehungen ohnehin nur von kurzer Dauer und man lernt derart oft und viele neue Partnerkandidatinnen kennen, dass ein Streit wirklich unnötig ist. Es gibt über 3 Milliarden potentielle Partnerinnen auf der Welt. Wenn man von einer (sicher hochgegriffenen) sexuell aktiven Lebensdauer von 75 Jahren à 365 Tagen und 24 Stunden mit jeweils 60 Minuten und 60 Sekunden ausgeht, hat man rechnerisch 1,27 neue Beziehungschancen pro Sekunde.

Da muss ‚das Weib des Nächsten wirklich nicht geneidet werden'. Der alte Mann mit den Latschen hatte schon recht, als er das vom Berge aus verkündete.

Wenn also von einem der Dallaz-Combo-Mitglieder ein ‚Nein' als Antwort kam, hatte man weitere Bemühungen oder bei einem ‚NEIN-NEIN' auch den weiteren Kontakt tunlichst einzustellen. Diese Regelung hat, obwohl an vielen Punkten von verlockenden Angeboten, verführerischen Emails und spitzen Anrufen hart getestet, über viele Jahre angehalten und sich wunderbar bewährt.

Eine weitere wichtige Regelung war eine Vertraulichkeits-vereinbarung. Auch dies ist wieder aus dem juristischen Um-feld bekannt. Innerhalb des Freundeskreises konnte über alles offen geredet werden, nach außen und vor allem an uner-wünschte, andersgeschlechtliche Ohren drang es nicht. Mit unserer neuen Charta wurden ausufernde Mallorca- und Kreta-Reisen unternommen und kleine Sünden – hätten wir sie denn begangen – wären für ewig vom Deckmantel des kollegialen Schweigens umhüllt gewesen...

Selbstverständlich gebot die Gemeinschaft auch die gegen-seitige Fürsorge im Notfalle. Das umfasste nicht nur das 20 Euro Darlehen für die nächste Bierrunde, sondern auch Hilfe in echten Unglücksfällen. Nach einer langer Partynacht waren wir – in Erinnerung an die gute alte Schulzeit – mal wieder mit dem Fahrrad unterwegs und prompt stürzte ein Freund von mir über den Lenker. Leicht blutend am Kopf und nicht richtig ansprechbar, versuchten wir ihn natürlich sofort in die *Stabile Seitenlage* oder was wir aus dem Fahrschul-Erste-Hilfe-Kurs noch als solche erinnerten, zu legen. Mit vereinten Kräften rollten wir ihn auf die linke Seite und versuchten ihn dort stabil zu halten. Wir freuten uns über unser Können, denn dies schien zu helfen. Er kam jaulend wieder zu Bewusstsein, als der Krankenwagen eintraf. Die Diagnose des Notarztes war jedoch, dass unser Kollege gar nichts Gefährliches am Kopf hatte, sondern vielmehr alkoholbedingt kurz nach dem Sturz eingeschlafen war. Die *Stabile Seitenlage* sei nicht nur unnütz gewesen. Vielmehr hatte er sich die linke Seite des Schlüsselbeins gebrochen und wäre wahrscheinlich bei einem Promille weniger Blutalkohol beim seitlichen Drehen vor Schmerz in Ohnmacht gefallen.

In unserer Charta gab es weiterhin auch eine Alkohol-Klausel: jedes alkoholische Getränk durfte nur mit der linken Hand zum Mund geführt werden. Bei Verstoß musste entweder das jeweilige Getränk in einem Zug geleert oder allen Anwesenden eine Runde spendiert werden. Zugegeben, diese Regel hatte keinen tieferen Sinn...

Juristen-Typen

Um kein völlig falsches Bild entstehen zu lassen: Studieren geht stellenweise auch übers Feiern hinaus und verlangt hartes Arbeiten. Es müssen Scheine erledigt, man sagt auch *erschlagen*, werden. Die meisten Scheine bestehen aus einer Hausarbeit und einer bestandenen von drei geschriebenen Klausuren. Werden alle drei Klausurenversuche nicht bestanden muss im nächsten Semester ein neuer Versuch, inklusive neuer Hausarbeit, angegangen werden. Hausarbeiten schreibt man meist in den Semesterferien und die Klausuren dann anschließend am Anfang des nachfolgenden Semesters.

An dieser Stelle ist es Zeit, den Jung- oder Ich-möchte-bald-anfangen-Kommilitonen zu erklären, dass es zwei Kategorien von Jurastudenten gibt. Die einen sitzen schon am Tag der Hausaufgabenausgabe von morgens neun bis abends um sieben in der Bibliothek, wühlen in wichtigen Zeitschriften, Lehrbüchern und staubigen Dissertationen. Sie stehen in der Mittagspause vor der Bibliothek und philosophieren über die dritte Mindermeinung eines viertrangigen Problems. Wenn man an diesen Studenten vorbeigeht und Gesprächsfetzen aufschnappt weiß man nie, ob es Grund zum lästern und auslachen ist oder ob man zu diesen wissenden Menschen voller Neid hochschauen sollte. Nach ewigem Materialsammeln und etlichen Randproblemvertiefungen entsteht dann von diesen Jura-Spezies in den folgenden acht Wochen bis zur Abgabe ein mehr oder weniger wissenschaftliches 10-bis-16-Punkte-Meisterwerk.

Die Anderen genießen die ersten Tage der Semesterferien, gehen ausgiebig feiern und bedenken die Aufgabenstellung nur mit einigen morgendlichen Minuten schlechten Gewissens. Diese Sorte Studenten hat dann allerdings in den letzten zwei Wochen vor dem Abgabetermin richtig Stress. Die Hausarbeit wird innerhalb weniger Tage und Nächte anhand eines Kommentars geschrieben und dann mit wahllosen, blind übernommenen Urteilen und Literaturmeinungen wissenschaftlich aufgepeppt. Diese Hausarbeiten sind meistens im knapp bestandenen Bereich und kommen eigentlich nie über 7 Punkte hinaus.

Manchmal steht bei der Rückgabe auch von einem dieser *Assis* (Wissenschaftlicher Assistent – das ist die zweite Lebensstufe dieser 10-16-Punkte schreibenden Langweiler, die nach dem Studium keiner für einen Job haben will und die an der Uni bleiben müssen) drunter: ‚Der Verfasser verkennt die Anforderungen an das wissenschaftliche Arbeiten, insbesondere ist Fußnote 17 auf Seite 9 unvollständig zitiert.' Gähn!

Allerdings, wen interessiert das? Vier gewinnt. Es fragt ohnehin nie wieder jemand nach den Scheinergebnissen, bei Jura zählt nur das Examen. Es gibt zwar eine sagenumworbene Legende unter den Jurastudenten, wonach die Scheinergebnisse bei der Beurteilung der mündlichen Examensnote mitberücksichtigt werden können. Meine Nachforschungen haben ergeben, dass dies in der Praxis jedenfalls in Berlin noch niemals (!) angewandt wurde. Welcher vernünftige Mensch stellt demnach den riesigen Aufwand einer 12-Punkte Hausarbeit in Relation zu einem könnte-eventuellirgendwann-irgendwo-irgendwie-berücksichtigt-werden-Gespenst? Da sollte jeder mal drüber nachdenken. Ich habe früh darüber nachgedacht, in der Uni einen Klausuren- und Hausarbeitenschnitt von 5,1 Punkten geschrieben und trotzdem ist aus mir noch etwas geworden (zumindest katapultierte mich später das Einstiegsgehalt meines ersten festen Jobs unter die Top 10 Prozent der Einkommen in Deutschland, wenn man das als relevantes Kriterium betrachten möchte).

Oftmals differieren im Übrigen die Hausaufgaben- und die Klausurergebnisse stark. Hausarbeiten sind mit Fleiß gut zu schaffen. Klausuren bedürfen einer schnellen Auffassungsgabe und juristischem Grundverständnis. Aus diesem Grunde fallen auch regelmäßig die Examensergebnisse in Berlin und anderen Bundesländern, in denen ausschließlich Klausuren geschrieben werden, deutlich schlechter aus als in Schleswig-Holstein und anderen Bundesländern, die zu etwa 25% eine Hausarbeit ins Ergebnis einfließen lassen. Warum dann nicht jeder in ein solches Bundesland geht? Man kümmert sich erst kurz vor dem Examen um Ergebnisstatistiken und Voraussetzung zur Examensanmeldung ist, dass man vorher zwei Semester in dem betreffenden Bundesland studiert hat. Darum!

Zusammengefasst gibt es jene und solche Jurastudenten. Genauso, wie es später jene und solche Juristen gibt: Auf der einen Seite Kellerhocker, die in winzigen verstaubten Kämmerchen sitzen und großartige wissenschaftliche Arbeiten zu quälend-langweiligen öffentlich-rechtlichen Problemen verfassen, jedoch bei dem Mandanten am Konferenztisch Unbehagen auslösen und auf der anderen Seite den coolen Typen, mit dem die attraktive Abteilungsleiterin von dem finanzstarken Großkonzern gerne das neue Mandat beim Candle-Light-

Dinner bespricht, der dafür aber beim Gedanken an ein Ö-Recht-Gutachten spontan Pickel am A... bekommt.

Wer nicht zu den Fleißigen gehört, muss sich halt anders helfen. Hausarbeiten-Unlust kann beispielsweise durch Tauschaktionen mit den Bibliotheks-Sitz-Fanatikern ausgeglichen werden:

»Du, lass uns mal ein bisschen Infos austauschen. Email mir doch mal deinen Hausarbeitstand. Ich sitze gerade noch an der Formatierung, schicke dir meins dann in drei Tagen.«

Klappt oft. In drei Tagen hat man eine Menge abgekupfert und der Bibliothekshocker freut sich nach einem späteren Vergleich, dass er auf dem richtigen Weg ist. Klar, die drei Tage später versandte eigene Arbeit enthält den gleichen Aufbau und die gleichen Problemschwerpunkte, nur gewährt man dem strebsamen Kollegen ein bisschen mehr Tiefgang. So schnell lässt sich ohnehin nicht alles übernehmen. Außerdem reichen auch sechs Punkte dicke. Für eine statt acht Wochen Arbeit allemal. Wenn man das dann noch geschickt so einfädelt, dass man sich zwei von diesen Bibliotheks-Fanatikern anlacht, fällt es bis zum Studiumende nicht mal auf.

KLEINE SCHUMMELEIEN

Ein weiteres Problem sind die Klausuren. Drei Versuche stehen einem bei jedem Schein zur Verfügung. Eine muss bestanden sein. Während man für den ersten Versuch einen Tag oder besser gar nicht lernt, ist beim zweiten die Panik und einhergehend der Lernaufwand schon etwas größer. Auf den dritten Versuch angewiesen zu sein kann schon zu feuchten Handflächen und unruhigem Schlaf führen.

Manchmal ist es einfach unumgänglich, mit unrechtmäßigen Tricks etwas nachzuhelfen. Möglichkeit Nummer eins wäre mit allen Korrektorinnen ins Bett zu gehen. Klappt leider nur selten, da meist auch männliche Assistenten beteiligt sind. Wer bisexuell ist, sollte eventuell noch einmal darüber nachdenken. Für alle Anderen scheidet die Möglichkeit mit hoher Wahrscheinlichkeit als nicht passabel oder zumindest *unbefriedigend* aus.

Zweitens könnte man das gute alte Abschreiben vom Nachbarn ins Auge fassen. Allerdings kann nicht immer beeinflusst werden, dass die Entfernungen auch tatsächlich gering genug sind und der Nachbar tatsächlich Durchblick hat. Nachdem ich mich einmal in der Schule in Bio komplett auf meinen Nachbarn verlassen habe und dies zu der einzigen Sechs meiner Schullaufbahn geführt hat, muss ich hiervon abraten.

Dritte Möglichkeit sind Spickzettel. Gibt es in allen Formen und Farben. Seit Jahrhunderten bewährt. Wählt man diese Schummelart, steht die Entscheidung bezüglich der tatsächlichen Umsetzung an. Miniaturspicker in 5-Punkt-Schrift am Computer geschrieben können entweder in der Hosentasche bewahrt und auf dem Klo gelesen oder heimlich auf dem Schoß platziert werden. Kleine Zettel im Gesetzestext zu verstecken hat sich bei mir als nicht besonders erfolgreich erwiesen. Das Risiko in eine Bücherkontrolle zu geraten ist einfach zu groß und vor 400 Kommilitonen 20 Minuten vor Ende der Strafrechtsklausur wegen Schummelversuches des Raumes verwiesen zu werden ist etwas peinlich. Weiterhin hat es bei mir dazu geführt, dass der Aufpasser bei der nächsten Klausur volle vier Stunden nicht von meiner Seite gewichen ist. Wer hierbei zu Nervosität neigt ist recht arm dran. Bei manchen Klausuren patrouillieren sogar Aufpasser vor und auf dem Klo. Man glaubt gar nicht, wie nervenaufreibend das Nachschauen auf den Spickern ist, wenn draußen die ganze Zeit jemand an der Klotür horcht.

Eine durchaus effektive Spickermethode ist das vorherige Beschreiben von Papier in absolutem Klausurstil. Die Informationen werden einfach halbspaltig in normaler Schriftgröße im Fließtext auf Klausurpapier geschrieben und unter die tatsächlichen Bearbeitungsblätter geschummelt. Nach etwa einer halben Stunde kann niemand diese Zettel von Notizen, Skizzen oder Schmierpapier unterscheiden – wenn überhaupt diesen Blättern Beachtung geschenkt werden sollte. Eine Methode, die von mir während der Schulklausuren in Geschichte und Chemie quasi erfunden und während der unzähligen Versuche des Großen Scheins im Strafrecht perfektioniert wurde.

Ganz Hartgesottene oder ganz Unwissende können auch die Buch-unterm-Pulli-Methode riskieren. Während der Klausur ganz viel trinken, eine schwache Blase vortäuschen, alle paar Minuten einige Seiten auf der Toilette nachlesen und hoffentlich bis zum Klausurraum merken. Im Baurecht oder Kommunalrecht geht es manchmal einfach nicht anders. Was soll man sich auf einen kleinen Spickzettel schreiben, wenn man weder Detail-, noch Aufbau-, noch Grundlagenwissen hat? Für mich war das jedenfalls die einzige Möglichkeit wenigstens beim dritten Versuch die Klausur zum großen Ö-Recht-Schein zu bestehen.

Wer auch vor fast kriminellen Methoden nicht zurückschreckt kann auch die Drei-Mann-Methode versuchen: A und B sitzen in der Klausur, C in der Bibliothek. Sofort nach Sachverhaltausgabe geht A mit Sachverhalt raus, trifft sich mit C in der Bibliothek. A und C schreiben die Klausur mit Kommentar. B sitzt während der Bearbeitungszeit weiter im Klausurraum und tut sehr beschäftigt. Kurz vor Abgabeschluss geht B auf Toilette, trifft sich dort mit dem noch unauffälligen C und lässt sich von diesem die Klausur überreichen. Unter dem Pulli (geht im Winter besser als bei 40 Grad) mogelt B dann die Klausur in den Klausurraum und gibt sie ab. Am sichersten ist es hierbei, wenn derjenige, in dessen Name die Klausur abgegeben wird, auch selbst geschrieben hat. Anderenfalls könnte ein Handschriftvergleich zu Erklärungsnot führen. Diese Methode eignet sich aber nur für absolute Profis. Zu viele Fehlerquellen übersieht der Laie einfach. Ein guter Schummelversuch ist vergleichbar mit dem perfekten Mord. Beim ersten Versuch saß ich als Strohmann B in der Klausur für meinen alten Kumpel C. Ö-Recht, sehr langweilig. Wir fanden uns richtig gut vorbereitet, hatten den Schwitzer, aber Ö-

Recht-Profi A sogar dazu gebracht, ganz mutig den Sachverhalt herauszuschummeln und in der Bibliothek zu assistieren.

Leider hatten wir in der Planung nicht beachtet, dass es ziemlich auffällig ist wenn ich in der Klausur ohne jegliche Bücher sitze. Hatten wir einfach vergessen. Eine fünfstündige Klausur beschäftigt zu tun und den Anschein zu hinterlassen, dass man auch ohne *Sartorius* bestens zurechtkommt ist nicht gerade einfach. Auf der anderen Seite habe ich in dieser Zeit das längste (da einzige) Gedicht meines Lebens geschrieben und jemandem eine riesige Freude beschert. Leider war die Gute dann etwas schwer wieder los zu werden.

Für einen anderen Freund hatte ich wieder den Strohmann B gespielt. Diesmal für Zivilrecht. Leider hatte mich jemand beobachtet, wie ich die Klausur nach dem rückweglichen Hereinschmuggeln unter meinem Pullover hervorholte. Schade, dass mein Kumpel für den ganzen Schein gesperrt wurde und seine 13-Punkte-Hausarbeit im nächsten Semester noch einmal wiederholen musste.

SCHEINFREIHEIT

Sind die großen Scheine erst mal überstanden, kann das Studentenleben wieder in vollen Zügen beginnen. Meist fehlt dann nur noch der Seminarschein und da fällt nun wirklich niemand mehr durch. Ich hatte mich in Rechtsgeschichte versucht. Leider war die Assistentin des Professors sehr unfähig und hatte es auch beim hundertsten Nachfragen nicht anständig hinbekommen mir das Thema widerspruchsfrei zu erklären. Vielleicht hatte ich es mir aber auch zu einfach vorgestellt ein Buch zu kaufen und daraus fast komplett abzuschreiben. Wenigstens hätte ich ein Buch nehmen sollen das der Prof nicht kennt. Egal. Um den Vortrag hatte ich mich auch herumgeschummelt. Vier Punkte sind es trotzdem geworden. Damit waren alle Scheine erledigt. Scheinfreiheit!

Man konnte nunmehr beruhigten Gewissens ausschlafen. Vorlesungen oder andere universitäre Pflichttermine standen nicht mehr auf dem Plan. Hätte ich mich in einem anderen Studium, nicht im Jurastudium, aufgehalten wäre ich nun, es war Mitte des sechsten Semesters, weitestgehend fertig gewesen. Aber nein, Jura besteht nun mal in Deutschland auch aus dem *Ersten Juristischen Staatsexamen* – schon die Länge des Begriffs eine Qual. Aber bis dahin war es noch ein kleines Stück und es gelang die Erinnerung daran in die abgelegenste Ecke des Hirns zu verdrängen. Jedenfalls noch ein wenig.

Freischuss war bis zum achten Semester möglich – Anmeldung nach dem siebten Semester im achten fürs neunte. Den *Freischuss* wollte ich schon versuchen. Warum sollte man auch das Geschenk eines zusätzlichen Versuchs wegwerfen?

Zunächst bekam die eigene Zeitverteilung des Semesters jedoch eine neue Struktur. Der Jura-Beschäftigungs-Zeit-Slot wurde auf ein Limes gegen Minus Unendlich heruntergeschraubt, die mittlerweile zum Teil ganz lukrativen Nebenjobs erheblich ausgeweitet und vor allem der Feier-Anteil der Woche ins Unermessliche ausgedehnt.

Jeder kennt den Spruch: ‚Entweder hat man Geld aber keine Zeit es auszugeben, oder man hat Zeit, aber kein Geld, etwas zu unternehmen'. In weiten Teilen des Lebens mag dies sicher stimmen, aber hin und wieder lässt sich das Schicksal in die Ecke drängen und man erhebt sich über das für ewig Bestimmte. Während des Studiums, vor allem im fortgeschrittenen Stadium eine kleine Auszeit hinzubekommen ist nicht unmöglich. Soweit die Wirtschaftslage gerade halbwegs ordentlich ist, bekommt man als fast-ganz-qualifizierter Jurist auch einen ordentlich bezahlten Job. Weiterer Vorteil ist, dass man eher ans Sparen und Knausern (na ja, zum Teil jedenfalls) gewöhnt ist und ein paar finanziell gute Monate nicht sofort in den sprunghaften Anstieg des Lebensstandards münden. Ich beschloss bei verschiedenen kleinen Firmen und Büros als freiberuflicher Mitarbeiter anzufangen und einige Stunden pro Woche dort zu arbeiten. Gegenüber einem festen Fulltime-Job hat dies den Vorteil, dass man sich eher mal eine Woche Abwesenheit heraushandeln konnte. Und genauso hatte ich es vor: einmal pro Monat wollte ich verreisen.

WEITE WELT

Ein richtiges Verreise-Semester legte ich ein: Januar Paris, Februar Karneval in Köln, März Hongkong und Taiwan, April New York, Mai Kos, Juni München, Juli Karpathos, August Mallorca, September Oktoberfest in München.

Alles selbst finanziert ohne Zuschuss von Oma und Co. Ich kann jedem nur empfehlen ein paar Wochen ordentlich beim Arbeiten reinzuhauen und dann für ein paar Tage ab in die große weite Welt zu schauen. Wenn man flexibel und spontan ist ergeben sich oftmals lustige Geschichten.

Eines Montags rief mich der eine Studienfreund an, dem ich schon beim Klausurenschummeln geholfen hatte. Seine Eltern hatten ihn zu einer Woche New York eingeladen. Das Hilton in New York hat aber nur Doppelzimmer, sodass noch ein Bett frei war. Ich buchte sofort ein Billig-Last-Minute-Flug im Internet und war Donnerstag in NY. Nach einem anstrengenden Sightseeing-Programm (ja, ich war noch auf dem *World-Trade-Center*) wollten wir abends in einen Club. Da wir keine Ahnung hatten wohin man so gehen sollte, stiegen wir in ein Taxi und fragten den Taxifahrer nach seinem Lieblingsclub. Nach einiger Fahrt durch immer finster werdende Gegenden sind wir dann auch im *Soul-Brother* angekommen. Tja, nicht bedacht hatten wir, dass der Taxifahrer ein Schwarzer war. Da standen wir also in einem Underground-Club mitten im Nirgendwo von New York. Nicht nur, dass wir unter ca. 1000 Schwarzen die einzigen beiden Weißen waren, nein, wir hatten auch als einzige keinen Adidas-Trainingsanzug und kein dickes Goldkettchen, sondern einen Boss-Anzug an. Ich bin nicht im kleinsten Ansatz ausländerfeindlich, aber etwas merkwürdig kommt man sich schon vor. Aber es wäre nicht New York, wenn die Toleranz an solch Äußerlichkeiten aufhören würde. Alles friedlich, alles soft. Nachdem wir uns daran gewöhnt hatten, dass auf dem Weg zum Klo ca. 20 Leute Drogen aller Art verkauften, amüsierten wir uns prächtig und wurden sogar für ein Wochenende später zu einer anderen Party eingeladen.

Wie in einem schlechten Film fühlte ich mich nur als auf einmal eine recht ungrazile, schwarze 2-Zentner Braut offensichtlich ein Auge auf meinen Kumpel geworfen hatte. Ihrem Freund oder Bruder (mit Armen wie Oberschenkeln) war das leider auch nicht entgangen. Ich dachte schon, jetzt kommt der typische Dialog, den man aus schlechten Comics kennt:

»Alter, was guckst du? Willst du mein Schwester anmachen?«

Wenn man »Ja« sagt, hilft auch keine Allianz-Lebensversicherung mehr, sagt man »nein«, kommt

»Willst du sagen, meine Schwester ist hässlich, oder was?«

Typischer Fall einer *Lose-Lose*-Situation. In unserem Fall ging es aber noch mal friedlich aus, mit einer Runde *Heineken* ließ sich die Sache friedlich und freundschaftlich lösen. Wir nahmen die Situation jedoch dann doch als Anlass zum gehen. Schutzengel Gabriel haben sicher schon die Flügel gequalmt.

Auch mein Taiwan/Hongkong-Trip war ähnlich spaßig. Ein Freund von mir – BWLer, aber trotzdem ganz netter Typ – hatte es über Beziehungen irgendwie geschafft, bei einem großen Pharmakonzern ein Praktikum über drei Monate in Taipeh (Taiwan) zu ergattern (Da sieht man es mal wieder, so ein Praktikum hätte ein Jurastudent sicher nicht bekommen). Wir emailten ab und zu hin und her und schließlich ergab es sich, dass ich einen Billigflug nach Hongkong buchte und mit locker gepacktem Rucksack auf einmal inmitten von Hongkong stand. 35 Grad und 98 % Prozent Luftfeuchtigkeit. Wer schon mal in diesem Teil von Asien war kennt das sicher. Man steigt aus dem Flugzeug aus, fängt an zu schwitzen und hört erst wieder auf wenn man sich auf dem Rückflug befindet.

Die zweistündigen Anschlussflüge nach Taipeh waren aus Deutschland sehr teuer und ich hatte gehört, dass man die in Hongkong vor Ort billiger bekommen sollte. So ganz stimmte das zwar nicht, aber letztendlich habe ich dann doch durch einen persönlichen Besuch in dem Call-Center eines asiatischen Internetreisebüros zwischen 100 kleinen Chinesinnen ein handgeschriebenes Flugticket zu einem annehmbaren Preis bekommen. Mit China-They-Never-Come-Back-Airlines zu fliegen ist schon ein Erlebnis. Heruntergekommenes Flugzeug, ein Durcheinander und Gewusel, es hätte mich nicht gewundert, wenn jemand lebende Hühner als Handgepäck mitgebracht oder zum Schluss nur noch Stehplätze übrig geblieben wären. Das Essen hätte gut Hund sein können, ich blieb lieber bei Wasser. Der *China-Airlines*-Pilot muss auf einer *Focker-100* gelernt haben, anders kann ich mir nicht erklären wie man bei der Landung mit einem Jumbo-Jet zuerst mit der einen Seite aufsetzen und die linke Tragfläche fast in den Boden rammen kann.

Am Flughafen von Taipeh begrüßte mich herzlich und anheimelnd ein Schild auf deutsch (und fast jeder anderen erdenklichen Sprache) mit:

»Die Einfuhr von Drogen wird mit dem Tod bestraft!«

Nett!

Hinter der Passkontrolle nimmt einen dann das andere Ende der Welt in Empfang. Westliche Schriftzeichen sind von der Bildfläche komplett verschwunden. Zum Glück hatte ich mir die Adresse des Hotels von meinem Kumpel auf Mandarin oder Kantonesisch oder was auch immer faxen lassen, englischsprachige Taxifahrer sind selten. Leider auch solche, die überhaupt lesen können. Nach zehnminütiger Irrfahrt durchs Zentrum ist mein Taxifahrer dann doch auf die Idee gekommen, sich die Adresse von einem Passanten vorlesen zu lassen.

Im Hotel angekommen haben wir noch zwei Bier eingeschlenzt und dann ging es ab auf die Piste. Als Europäer in einer Chinesen-Disko kommt man sich vor wie *Arnold Schwarzenegger* in Zwergenland. Ganz locker ist man dem Zweitgrößten um 20 cm und 30 kg überlegen. Schnell noch ein paar Vodka-Orange nachgegossen, damit man sich überhaupt auf die Tanzfläche=Präsentierteller traut. Es war schon ein bisschen so wie in New York. Man ist ziemlich aufgefallen, allerdings diesmal mit körperlicher Überlegenheit. Die ‚was guckst Du meine Schwester an'-Tour brauchte man also nicht so sehr befürchten. Wir waren jedenfalls die Attraktion. Einmal verkehrte Welt – Körbe verteilen und nicht kassieren und von heißen Stewardessen zu Drinks eingeladen werden.

Wir lernten dann zwei Stewardessen von *Cathay Pacific* kennen. Nach ein paar weiteren Vodka-O gewöhnte ich mich auch an den etwas unterschiedlichen Körperbau einer Chinesin. Das ist jetzt nicht böse gemeint. Es gibt halt Unterschiede. Asiatinnen sind zumeist einfach flacher. Wenn man die vor eine Glasscheibe stellt, berühren sie diese mit der ganzen Vorderseite – von der Nase, die man beim Knutschen ausnahmsweise mal nicht ständig im Auge hat, bis hin zu den Füßen in Schuhgröße 32.

Mein Freund war allerdings nicht ausschließlich zum Spaß in Taipeh, sondern musste am nächsten Morgen arbeiten. »Jaja, ich komme schon klar, geh du ruhig schon nach Hause, ich bleibe noch ein wenig...« Okay, zwei Vodka-O später, ab ins Taxi und ehe ich es mich versah stand ich schwankend in einem Zimmer im *Taipeh Hilton*. Stewardessen bekommen da wohl Sonderkonditionen. Natürlich hatte ich mal wieder keine Gummis mit. Und mitten in Asien ohne, dass muss ja nun wirklich nicht sein. Also wieder die Oral-Nummer. Ist schon eine Glanzleistung, das völlig betrunken mit Schulenglisch-Kenntnissen auszuhandeln. Vor allem nach ca. 36 Stunden Weltreise – ohne Duschen. Hart im Nehmen, diese Asiatinnen.

Am nächsten Morgen stand ich mit größten Orientierungsproblemen, einem Kopf wie eine Eckkneipe und immer noch schwitzend vor dem Hotel auf einer Hauptstraße ca. 13.000 km von Berlin entfernt und wurde mir meiner Lage langsam bewusst. Kein Handy, kein Reisepass, kein Geld und absolut keinen Plan, wo ich war und wie das verdammte Hotel hieß, in dem ich bei meinem Kumpel wohnte. Meine kleine Stewardess wollte noch mal schnell an der Rezeption etwas klären und war auch weg.

Ich war selten in meinem Leben so froh jemanden wiederzusehen wie damals, als sie einige Minuten später wieder auftauchte. Wir unternahmen dann noch einen lockeren Sightseeing-Tag und rekonstruierten anschließend den Weg von der Disko in mein Hotel, wo ich spät nachmittags wieder glücklich eintraf. Mein Kumpel hatte sich schon mächtig Sorgen gemacht als ich weder nachts noch am nächsten Morgen zurück kam und den ganzen Tag auch nicht telefonisch per Handy oder im Hotel erreichbar war. Seit dieser Situation entferne ich mich jedenfalls nie mehr weiter als 10 Meter von Handy und Kreditkarte. Wenn Ihr so wollt, also noch eine ganz wichtige Lebensweisheit...

Bei Urlaubsgeschichten darf auch eigentlich mindestens ein typischer Mallorcaurlaub nicht fehlen. Ist ja sozusagen der Inbegriff des Party-Urlaubs.

Die Eltern eines guten Studienfreundes hatten ihn und seinen Bruder zu einem dieser gefürchteten wir-sind-eine-Familie-und-fahren-nach-all-den-Jahren-mal-wieder-zusammen-in-den-Urlaub nach Mallorca, eingeladen. Viele meiner Bekannten erwischte irgendwann in ihrem Studentenleben diese Retro-Sentimentalität ihrer Eltern. Wenigstens war in solchen Urlauben alles, einschließlich Hotelzimmer-Minibar, gratis.

Mallorca, warum nicht, dachte ich, überzeugte einen nichtsnutzigen, terminfreien Studenten-Kumpel ebenfalls den Rucksack zu packen und buchte Flugtickets. Da in Berlin gerade Ferien und die Flüge sauteuer waren, wählten wir die Billigalternative ab Leipzig einschließlich vierstündiger Bummelbahnfahrt dorthin. Weltstadt Leipzig, eine Erfahrung. Wo aussteigen? Busstation ‚Leipzig Flughafen West' oder ‚Leipzig Flughafen Ost' oder ‚Leipzig Flughafen Nord'? Im Ergebnis nicht relevant, alle drei Stationen waren ca. 200 m voneinander entfernt.

In Calla Ratjada angekommen, stiegen wir im besten Hotel der Stadt ab: *Con Pedro*, 15 Euro pro Doppelzimmer pro Nacht, Frühstück, Kakerlaken und Bierausschank an der Hotelbar durch den Maestro höchstpersönlich inklusive. Pedro hatte noch Spaß am Arbeiten – oder Mangel an Arbeitskräften, abgesehen von der studentischen Aushilfe: Horst. Horst war Ende 40, vor 25 Jahren während der Semesterferien durch Mallorca getingelt und hängen geblieben. In den Jahren hatte Horst sich hochgearbeitet und vereinte nun die wichtigen Positionen des Nachtportiers, Zimmermädchens, Frühstückskellners und Kochs. Pedro und Horst hatten sich gern:

»Hey, Pedro, dir hängen zwei weiße Fäden aus den Shorts! Ach ne, das sind ja deine Beine.«

Abends ging es dann schwer auf die Piste: *Physical*, *Bolero*, *Chocolat* und an einem erfolgreichen Abend mit frischer Begleitung anschließend zum Strand, romantischer Teil. An einem schlechten Abend zum Absacker ins *Café Drei*. Wir waren oft im *Café Drei*. Es war mir auch manchmal lieber so. Ich konnte die Sternenbilder-Geschichte meines Kumpels nicht mehr hören. Er kannte nur den *großen* und den *kleinen Wagen* sowie *Cassiopeia*, erzählte und interpretierte diese jedoch, dass auch *Kopernikus* höchstpersönlich blass geworden wäre. Spätestens bei *Cassiopeia* angelangt, hatte er stets und 100%ig seine jeweilige Begleiterin gefügig gequatscht. Es war immer die gleiche Geschichte, manchmal fünf Abende hintereinander, manchmal sogar zweimal am selben Abend. Jeden Urlaub das Gleiche. Nicht zum Aushalten. Aber der Erfolg gab ihm recht.

Es war natürlich nicht nur das Sternenbild-Gequatschte, sondern auch die richtige Alkoholisierung. Eine Kunst für sich. Zum einen, das potentielle Opfer und zum anderen sich auf dem richtigen Level zu halten. Allzu schnell kippt sonst die gute und zuversichtliche Stimmung und es passieren Leichtsinnigkeiten. Eines schönen Mallorca-Abends, wir waren gerade aus der Disco geflogen, weil ich der einen Gogo-Tänzerin aus Versehen auf die Highheels gekotzt hatte, entschloss sich mein einer Kumpel sich über einen Bauarbeiter-Sandberg zu erleichtern und Buchstaben in den Sand zu pinkeln. Leider fanden das die beiden Polizisten, die in ihrem Streifenwagen drei Meter entfernt ein Päuschen machten, nicht so witzig. Sie nahmen ihn gleich mit. All unsere Versuche zu intervenieren und auch unsere geballten Spanischkenntnisse »Dos cerveza por favor!« blieben fruchtlos. Die Telefonnummer von *Amnesty International* hatte natürlich auch keiner dabei. Es blieb uns nichts anderes übrig, als ihn seinem Schicksal zu überlassen und auf die spannende Geschichte am nächsten Morgen zu warten.

Sie hatten ihn mit Handschellen in einen dunklen Raum gesperrt und ihm klargemacht, dass er nur gegen Zahlung von 30 Euro wieder freikommt. 30 Euro, das sind mehr als 24 *SM*-Bier (*SanMiguel*). Literflaschen, übrigens. Die spinnen, die Spanier, Bier in Literflaschen zu verkaufen. Es ist nahezu unmöglich die auszutrinken bevor das untere Viertel schal und warm geworden ist. Jedenfalls hatten die Polizisten die Hartnäckigkeit und Sturheit der deutschen Touristen – und wohl auch deren Stinkefüße, denn er hatte das Geld in seinen Socken versteckt – unterschätzt. Sie setzten ihn am nächsten Morgen ohne Strafzahlung wieder auf freien Fuß.

So viel Spaß kann man auf Mallorca haben. Ibiza hingegen ist einfach nur teuer und furchtbar schwul. Wer möchte bitte nachts um drei für die Disco noch 40 Euro Eintritt zahlen und anschließend eine Männerquote von gefühlten 80% vorfinden? In einer Woche Ibiza war der einzige von weiblicher Seite initiierte Kontakt:

»Hallo Süßer! Hasch, Extacy, Speed, Koks?«

Unbedingt studentenmäßig ist hingegen das *Interrail-Ticket* mit dem man innerhalb vorher festgelegter Länder unbegrenzt viel Bahn fahren kann. Eine modernere Variante ist ein *Round-the-World-Flugticket*, welches einen mit einer Vielzahl von Unterbrechungen und Routen-Möglichkeiten einmal um den blauen Planeten führt. Beides habe ich leider während des Studiums nicht geschafft. Eine gute Gelegenheit ergibt sich jedoch noch einmal vor dem Referendariat bzw. nach dem Referendariat vor dem ersten festen Job.

Eine kleinere Variante des Abenteuers auf Schienen ist die Fahrt mit Regionalbahnen. Die *Deutsche Bahn* bot insbesondere für Wochenenden an für einen sehr geringen Preis beliebig viel und weit zu fahren – allerdings nur in Regionalzügen: das *Schönes-Wochenende-Ticket*. Berlin-München dauert dann zwar nicht mehr wie mit dem *ICE* 5 bis 6 Stunden sondern 11 bis 13, ist aber noch richtig spannend, 8 mal Umsteigen inklusive. Von Berlin aus ist neben München auch Karlsruhe ein schönes Ziel für eine Bimmel-Bahn-Fahrt. Das ist mindestens genauso weit weg, hat aber noch abenteuerlichere Zugverbindungen. Eine schöne Studentenparty Samstagabend in Karlsruhe ist zum Beispiel ein prima Anlass. Samstag ganz früh morgens geht es am Bahnhof Zoo mit dem ersten Bummelzug los und etliche Stunden später schlägt man ganz entspannt und frisch auf der Party in Karlsruhe ein. Noch schöner ist die Rückfahrt. Circa sieben Stunden nach der Ankunft findet man sich schon wieder vor den Gleisen. Diesmal jedoch schwer alkoholisiert, übermüdet, ungeduscht, mit Rückenschmerzen und in 24 Stunden ununterbrochen getragenen Socken, die sich langsam farblich und auch in jeglicher anderen Hinsicht mit den Füßen untrennbar vereinen. Durchhalten und ein Mindestmaß an geistiger Klarheit bewahren! Manchmal schwer, Halluzinationen drängen unaufhaltsam voran. Sonntagnachmittag, 8 Stunden und 7 Bahnhöfe hinter

Karlsruhe in einem ausgemusterten, graubraunen Erbstück der DDR-Reichsbahn:

»Hier riecht es ja so lecker nach Essen!«

»Tschuldige, habe gerade gefurzt...«

Wahre Geschichte! Üblicherweise, unter normalen, nicht nutztierhaltungsähnlichen Verhältnissen hätte man letzteres als nunmehr intellektueller Student übrigens prosaisch umschrieben:

»Ich habe gezaubert!«

Denn:

»Ich kann zaubern – ich kann machen, dass Luft stinkt...«

EXAMENSPANIK

Auch der schönste Moment hat mal ein Ende und beim Jurastudium ist dies nun mal unausweichlich und wie ein Damoklesschwert über dem Haupte schwebend ständig im Unterbewusstsein: das Erste Examen.

Spätestens ein bis anderthalb Jahre vor dem beabsichtigten Examenstermin werden die Hände feucht und ein erster Anflug von unermesslicher Angst drängt einen zum Repetitor. Es gibt kleine, große, regionale, überregionale, schmusende und beißende Repetitoren. Alle wollen Geld, versprechen den Himmel auf Examenserden und versuchen das nachzuholen, was die Uni und die vergreisten Professoren in den vorigen Jahren auf das allererbärmlichste vernachlässigt haben (typisch Prof: »...das ist jetzt meine Meinung, *BGH* und *Palandt* sehen das fälschlicherweise anders...«): relevantes Wissen für die anstehenden Examensklausuren zu vermitteln.

Die Repetitoren weisen sämtlichst grandiose Erfolge im Raten der nächsten Klausurthemen und beachtliche Statistiken über den überdurchschnittlichen Erfolg der von ihnen geschulten Kandidaten auf. Ist schon merkwürdig, dass 95 % aller Examenskandidaten zum Repetitorium gehen, insgesamt 30-40 % durchfallen, aber alle Repetitorien damit werben, dass sie nur eine Durchfallquote von unter 10 % haben. ‚Judex non calculat', aber selbst als Jurist merkt man doch mit der Zeit, dass das rechnerisch irgendwie nicht aufgeht.

Es ist schwer zu sagen, wer nun tatsächlich das beste Repetitorium anbietet. Man kann schlecht jedes besuchen und anschließend einmal zum testen Examen schreiben. Was wohl geht ist jedoch sich unter Bekannten aus älteren Semestern umzuhören und ein bisschen versuchen zu informieren. Die meisten Reps bieten Probestunden an. Allerdings sind die wenig aufschlussreich, da man natürlich zu dem Zeitpunkt noch überhaupt keinen Plan hat und nirgendwo etwas versteht. Ohne Grundwissen ist *Alpmann Schmidt* nach zehn Minuten genauso gähnend langweilig und quälend wie *hemmer* oder *Abels & Lange*.

Eine Unterscheidung sollte man allerdings anhand der eigenen Persönlichkeit vornehmen: wenn man sich selbst nicht im Griff hat, zum Schwänzen und in die Luft gucken neigt und den autoritären Druck eines verschulten Systems benötigt, sollte man sich eher für ein kleines Repetitorium mit einem Dutzend Hörer entscheiden. Hier wird aufgepasst, der Dozent behandelt einen wie einen Grundschüler, abgelenkt sein wird gnadenlos bestraft und die Hausaufgaben nicht gemacht zu haben führt zwangsläufig in eine peinliche Situation am nächsten Montag. Verstecken und unauffällig im Gesetz vertieft sein geht nicht. Wenn man allerdings etwas beim dritten Erklärungsversuch noch immer nicht gerafft hat, ist durchaus ein weiteres Nachfragen möglich ohne sich vor Hunderten von Augen lächerlich zu machen.

Bei den großen Repetitorien sitzen hingegen oftmals 100 bis 200 Leute im Raum, die Chance, dass einen eine Frage trifft, ist eher gering.

Ich hatte mich damals für *hemmer* entschieden. Allerdings ohne großes Überlegen. Zwei Freunde von mir waren da schon ein Jahr. Weshalb sie sich für *hemmer* entschieden haben, weiß ich gar nicht. Es war halt der Trend, alle coolen Typen gehen zu *hemmer*. Wahrscheinlich war es bei mir mal wieder das gleiche Phänomen wie beim *Maurer* (s.o.). Außerdem lagen die Räumlichkeiten am zentralsten.

Im Nachhinein bereue ich meine Rep-Entscheidung nicht. Die Kurse waren zwar eher unpersönlich, aufgrund der bundesweit betreuten Massen hatten die Unterlagen jedoch eine ausgezeichnete, professionelle Qualität und Übersichtlichkeit. System und Aufbau von Kurs und Materialien hatten sich bereits seit Jahren mittlerweile zigtausendfach bewährt. Die astronomisch bezahlten Repetitoren waren auf je ein bestimmtes Fach spezialisiert und sehr ordentlich motiviert. Die Leute aus den Top-Repetitorien erhalten vergleichbar mit Anwälten aus großen internationalen Kanzleien und Manager aus erfolgreichen Unternehmen deutlich überdurchschnittliche Gehälter für deutlich überdurchschnittliches Engagement. Die Hauptsache, die man beim Rep neben dem Fachlichen lernen kann und sollte, ist der unbedingte Erfolgswille. Ohne diesen lässt sich das harte Jahr des Examens nicht oder nur mit unterdurchschnittlichem Ergebnis überstehen. Man muss sich in dieser Zeit selbst quälen können und noch 3-5 Stunden am Schreibtisch bleiben, wenn man meint eigentlich schon am konditionellen Ende zu sein. Diese Erfahrungen macht man aus dem Kontakt mit entsprechenden Persönlichkeiten. Wenn der Ö-Recht Repetitor jeden Montag Morgen um sechs Uhr mit der ersten Maschine aus Frankfurt eingeflogen wird um die beiden Berliner Kurse zu halten, der Zivilrechtler auch nach einem 24-stündigen dreitägigen Intensivkurs-

Wochenende noch fröhlich und frisch ist und der Strafrechtler neben der Tätigkeit als Sprecher einer großen deutschen Partei noch drei weiteren Jobs nachgeht, wird man selbst schon aufgerüttelt.

Ein großes Repetitorium hat weiterhin den Vorteil einer großen und zum Teil interessanten Gruppe. Man bildet in den Pausen eine Leidensgemeinschaft, die tief verbindet. Noch Jahre später trifft man Leute aus dieser Gruppe zufällig und klopft ihnen wie alten guten Bekannten auf die Schulter. Und so manche Zufallssitzgelegenheiten führten auch zum Glück in der Zweisamkeit. Wenn ich da an die kleine Blonde denke, die ab und zu neben mir saß und bei Aufregung einen herrlichen Duft ihres Parfüms abgegeben hat, ist es schon schade, dass solche Zeiten vorübergehen und ich vor kurzem sogar auf ihrer Hochzeit war. Wieder eine Chance endgültig nicht genutzt.

Es empfiehlt sich jedenfalls vielleicht doch beim Repetitorium von Anfang an halbwegs vernünftig mitzumachen. Die Unterlagen nur abzuheften hat sich bei mir zumindest als nicht ganz ausreichend erwiesen. Das Wissen nach dem Kurs war immer noch eher bescheiden.

Spätestens mit dem sich zu Ende neigenden Repetitorium kommt der Zeitpunkt, an dem man sich anfangs täglich und zum Schluss fast stündlich dabei erwischt in Reiseangebote und Prospekte aus der Südsee vertieft zu sein. Das Examen steht unmittelbar vor der Tür. Die Gedanken schweifen um Flucht. Gibt es nicht noch eine andere Möglichkeit für die Zukunft? Muss es Jura sein? Ist nicht doch die Tätigkeit als Aktivist bei Greenpeace eine lobenswerte und vor allem verlockende Zukunft? Ein Leben ohne Lesen und Schreiben, einfach mit dem Gummiboot hinter Tankern herfahren und lauthals grölen. Oder einfach nur flüchten, eine Bar an den

Stränden von Hawaii eröffnen. Hat das Leben überhaupt einen Sinn? Und wenn ja, dann eher mit oder eher ohne Jura-Abschluss? Man fängt an abends in der Badewanne *Platon* und *Kant* zu lesen. Aber die Jungs haben auch keine passende Antwort für den frustrierten Jura-Studenten parat.

SELBSTKASTEIUNG

Die meisten Repetitorien-Programme gehen etwa ein Jahr und sind so angelegt, dass zwischen Ende und Examen noch einige Monate liegen. Diese Zeit kann man auch dringenst gebrauchen. Schon zum Ende des Reps hatte ich Zeitpläne aufgestellt in denen ich Tag für Tag und Woche für Woche meine selbst auferlegten Qualen in Zeitstunden und inhaltlichem Umfang festlegte. Ganz nach dem Grundsatz ‚Nimm dir 120 Prozent vor, dann schaffst du wenigstens 80' sind die eigenen Vorgaben sehr sehr ehrgeizig und fast wahnsinnig. Wenn nach der ersten Woche nicht die vorgenommenen 20 Fälle Schuldrecht durchgearbeitet sind, sondern man stattdessen die Erstsemesterbücher *BGB für Anfänger* und *Zivilrecht Basics* wieder hervorgekramt hat, könnte man heulen.

Dazu kommen noch diese frustrierenden Super-Fleissigen, die einem überall begegnen. Unentwegt hört man wieviel die Anderen, die man aus dem Studium oder Repetitorium kennt, schon gelernt haben und was die alles wissen. Vor der Uni und in der Cafeteria werden wichtige Themen diskutiert von denen man noch nie im Ansatz etwas gehört hat. Bei der Anmeldung zu den Examensklausuren, etwa drei Monate vor der ersten Klausur, bekam ich ein Gespräch der Beiden vor mir in der Warteschlange mit. Als der eine erzählte, dass er am nächsten Tag erst einmal eine Woche nach Mallorca in den Urlaub fahren werde, da er alles schon durch hat und nicht mehr wüsste was man noch lernen könnte, verglich ich das natürlich sofort mit meinem Lernstand: Strafrecht so halb, Ö-Recht, BGB und Wahlfach nicht mal im Ansatz. Na ganz toll. Richtig entspannt nach Hause gegangen bin ich. Bei der Ergebniseinsicht nach dem schriftlichen Examen habe ich den Mallorca-Reisenden dann zufällig wiedergetroffen, er sah im Gegensatz zu mir gar nicht zufrieden mit seinen Ergebnissen aus. Manchmal ist man schadenfroh und kann sich gar nicht dagegen wehren...

Meine Erfahrung war, dass der Mensch jedenfalls ein Gewohnheitstier ist und mit genügend Quälerei dem eigenen Körper beigebracht werden kann, dass nicht das Bett, sondern der Schreibtischstuhl den normalen Lebensmittelpunkt darstellt. Wie gesagt, mit genügend Quälerei.

Es empfiehlt sich auch dabei der eigenen Vernunft keine Chance der Machtergreifung zu lassen indem man sich zu lange vom Schreibtisch weg bewegt. Nach zwei Tagen Jura-Pause ist der Kampf zurück zu den Unterlagen einer auf Leben und Tod. Am besten jeden Tag von Sonnenaufgang bis Sonnenuntergang lernen und nur den halben Sonntag freinehmen. Man kann sich so relativ leicht von 35 auf 75 Stunden lernen netto (also Pausen schon abgezogen) hocharbeiten. Freiraum für Privates bleibt da zwar nicht, aber dafür ist es ja auch nur auf ein paar Monate im Leben beschränkt. Das klingt jetzt ziemlich nach Quälerei. Ist es auch. Geht aber nicht anders. Jedenfalls nicht, wenn man immer ein fauler Student war und die Jahre vor dem Examen lieber mit Party als mit Lernen gefüllt hat.

Zumindest den Leberwerten tut es mal gut. Ganz zu schweigen von den Biermuskeln, die erschöpft von dem intensiven

Gebrauch während des Studiums auf der Gürtelschnalle liegen und schlafen.

Also einfach ganz laut fluchen und dann ab zum Schreibtisch!

Ein ganz klein wenig kann Jura auch Spaß machen. Während in den Vorlesungen innerhalb von wenigen Minuten alles Vorgetragene zu einem einschläfernden Wortbrei wurde, versteht man während der Examensvorbereitung zum ersten Mal in seinem Leben eine wirklich komplexe und eigentlich auch logisch aufgebaute durchdachte Materie. Das BGB ist nicht ein Haufen von 2.385 Paragraphen, sondern folgt einer gewissen Systematik. Erstaunlich, aber wahr.

Ein großes Tagespensum Jura ging bei mir immer einher mit kleinen Fingernägeln. Beim Lernen mussten meine Fingernägel immer dran glauben; ich fing an, an ihnen zu knabbern. Keine Ahnung woran das liegt. Vielleicht ist Jura lernen so langweilig, dass der Körper automatisch eine weitere ‚spannendere' Beschäftigung braucht oder aber man bestraft sich so automatisch selbst wenn beim Dritten durchlesen der Gesetzestext noch immer aus lustigen schwarzen Kringeln besteht und man schon wieder rein gar nichts davon kapiert hat. Wirklich interessant, man kann ein Bundesverfassungsgerichtsurteil dreimal hintereinander lesen und weiß weder worum es geht, noch kann man sich auch nur an einen inhaltlichen Satz erinnern.

Es geht vielen so, keine Angst. Körper anderer Kommilitonen suchen sich andere Hobbys. Ich kenne welche mit Magersucht und Kommilitonen, die 40 Kilo zugenommen haben. Da war mir meine Fingernagelgeschichte noch am liebsten. Das bekommt man dann auch irgendwie in den Griff. Man kann sich zum Beispiel eine stumpfe Nagelpfeile zum Lernen mitnehmen und dann damit den ganzen Tag nebenbei die Nägel bearbeiten, oder sich bei besonders langweiligen Passagen zumindest auf die kleinen Finger beschränken, da sieht das Ergebnis nicht ganz so blöd aus. Besser noch als Fingernägel sind die Fußnägel. Das geht aber natürlich am Schreibtisch zu Hause besser als in der Bibliothek.

Von Bibliotheken würde ich aber generell abraten. Es gibt viel zu große Risiken: man wird zum einen von dicken Regalen verleitet in zu viele verschiedene Bücher kurz reinzuschauen, anstatt wenige intensiv zu lernen; zum anderen trifft man ständig entweder irgendwelche leidigen Typen, die einem so lange erzählen, was sie alles schon gelernt haben bis man völlig frustriert ist oder man trifft tolle Erstsemesterstudentinnen, denen man erzählen muss was man alles schon weiß – kostet auch zu viel Zeit.

Die meisten Examensgeplagten verwenden einen erheblichen Anteil der Lernzeit aufs Übungsklausurschreiben. Manche Unis und die meisten Repetitorien bieten entsprechende Kurse an. Empfohlen werden 30 bis 60 Klausuren. Klappte bei mir natürlich nicht mehr. Schon rechnerisch nicht. In den wenigen Wochen auch noch jeden Tag zwei Klausuren? Wann sollte ich denn dann noch das lernen, was eigentlich Klausurgegenstand sein könnte? Ich probierte es dennoch. Eine Strafrechtklausur von *hemmer* schien mir verlockend. Der Fall kam mir bekannt vor, die Einzelprobleme hatte ich gelernt und mit Strafrecht war ich ohnehin schon durch. Also topfit, beste Voraussetzungen. In fünf Stunden schaffte ich es nicht ganz, aber wenn keiner zuschaut beschummelt man sich ganz gerne, also eher sechs Stunden. Das Ergebnis? 5 Punkte! Bitteschön?! Wie sollte das denn erst im Ernstfall mit richtigen, zufällig ausgelosten Fällen werden? Von dem Frust erholte ich mich zwar wieder, eine zweite Übungsklausur wagte ich jedoch bis zum Examen nicht mehr.

SELBSTMORDGEDANKEN

Zum öffentlichen Recht hatte ich immer eine besondere Beziehung, vielleicht ist das ja schon aufgefallen. Ö-Recht und ich, wir haben uns gegenseitig aufs Tiefste gehasst. Während ich mich durch die anderen Scheine im Studium irgendwie mit recht wenig lernen durchschummeln konnte, habe ich beim großen Ö-Recht-Schein trotz verhältnismäßig hohem Lernaufwand von einigen Tagen erst im dritten Versuch mit Schummelhilfe die Klausur knapp bestanden.

Ö-Recht fürs Examen stand bei mir nach sechs sehr intensiven Strafrechtwochen auf dem Lernplan und da hatte ich einfach nicht mehr genügend Fingernägel, um mich der Aufgabe gewachsen zu fühlen. Nachdem ich auch mit den weißen homöopathischen Kügelchen, die mir meine Mutter mit auf den Weg gegeben hatte nicht die Vision einer Lösung sah, war klar, es musste ein Zauber her. Oder zumindest eine erhebliche Veränderung.

Selbstmordgedanken hatte ich natürlich zu keiner Zeit. Wer macht denn auch so etwas Beklopptes? Das sieht nur als Stichwort in der Überschrift gut aus.

Bis zu einer geeigneten Alternative habe ich lange überlegt. Das Problem beim Lernen ist, dass einfach alles spannender als die Bücher ist: Fernsehen, Telefonieren, Computerspiele, Internet, selbst Putzen. Die Zeit kurz vor der Examensphase war meine Wohnung sauber wie nie zuvor. Also gab es eigentlich nur eine Lösung: weit weg von jeder Ablenkung! Einige Jahre zuvor bin ich mehr versehentlich auf eine kleine griechische Insel namens *Fourni* bei Samos gekommen. Diese felsige Insel teilen sich etwa 600 Griechen, verteilt auf 2,5 Dörfer. Es gibt 500 Meter asphaltierter Straße, 4 Autos und 200 Fischerboote. Fernsehempfang nur in dem einen *Kafenion* am Hafen, Handyempfang manchmal auf dem Hügel beim Friedhof und bei gutem Wetter kommt zweimal in der Woche die Fähre. Man kann sagen, es ist einer der ruhigsten Fleckchen in Europa.

Hinzu kommt, dass auch sonstige Ablenkung äußerst gering ist. Wie in so manchen südeuropäischen Ländern üblich, pflegten auch die Inselbewohnerinnen ab dem 14. Geburtstag jedes Jahr stetig mindestens zwei Kilo zuzunehmen. Die einzige Ausnahme stellte eine junge schlanke Schönheit dar, die allerdings schon früh vom Besitzer meines damaligen Lieblingsrestaurants (also nicht das eine am Hafen, sondern das andere in der Hauptstraße des Hauptdorfes) weggeehelicht wurde. Auf meine erstaunte Anfrage, warum ausgerechnet seine Frau so hübsch geblieben war, erklärte er mir, dass es eine alte und gut gehütete Familienweisheit sei, die zukünftige Frau nach dem Gewicht der Großmutter auszusuchen. Die meisten machten den Fehler, von der Mutter auf die Tochter zu schließen. Richtig sei es jedoch, von der Großmutter auszugehen...

Ich begegnete allerdings keiner interessanten Großmutter auf Fourni. Ein idealer Ort also, um sich der Welt zu entziehen und öffentliches Recht zu lernen.

Ich kramte im Herbst meinen Rucksack hervor, packte 18 Kilogramm Ö-Recht Bücher, Unterlagen und Skripte sowie fünf T-Shirts, ein paar Ersatzsocken und eine zweite Boxershorts ein und machte mich auf den Weg. Flug nach Athen, anschließend mit der großen Fähre 20 Stunden nach Samos und mit einer kleinen zwei Stunden nach Fourni. Die erste (und hoffentlich auch letzte) Reise in meinem Leben mit 7.000 Seiten *Schönfelder* und *Sartorius* als Handgepäck.

Kritische Kommilitonen merkten erstaunt an:

»Bist du sicher, dass das wirklich eine gute Idee ist? Was machst du denn, wenn du urplötzlich in Griechenland ein wichtiges Bundesverwaltungsgerichtsurteil nachlesen musst und keine Bibliothek auf Fourni vorhanden ist?«

Getrost kann man auf solche merkwürdigen Leute verzichten. Wer in der Examensvorbereitung anfängt, das langweiligste der Welt – BVerwG-Urteile – zu lesen und anderen noch ein schlechtes Gewissen zu machen, hat Freundschaften nicht verdient. Es bringt auch – und davon bin ich sehr überzeugt – nichts sich mit solchen Details fürs Examen zu belasten. Das ist eine Vorgehensweise für verknöcherte Töchter aus katholischen Verwaltungsjuristenfamilien.

Basics, Standardprobleme und vor allem eine gute systematische Übersicht genügen voll auf. Es ist unmöglich, 160 Bände Bundesverfassungsgerichtsurteile auswendig zu lernen. Ich hatte in meinen sechs Wochen auf Fourni jedenfalls kein Bedürfnis nach Bundesverwaltungsgericht und Bibliothek. Bedürfnisse hat man in der Zeit vor dem Examen ohnehin nicht mehr. Man ist da irgendwie abgestumpft. Aufstehen, essen, lernen, essen, schlafen. Nach einiger Zeit macht der Körper das ganz automatisch ohne nach Sinn und Vernunft zu fragen. Obwohl ich in meinem Penthouse-Apartment (eigentlich eher ein kleiner viereckiger Betonkasten mit Fenster und Außenklo, der auf ein baufälliges Flachdachhaus gesetzt war) super Strandblick hatte, schaffte ich es in der Zeit nicht einmal ins Wasser. Zu schlecht war das Gewissen das Leben zu genießen, wenn doch bald die Prüfung des Lebens ansteht.

Es gibt auch Leute, die das Leben etwas lockerer sehen. Zum Beispiel der Kapitän der großen Fähre, die von Athen/Piräus nach Samos fuhr. Exakt eine Woche nach meiner Überfahrt, ebenfalls an einem Mittwoch Abend, gab es ein spannendes Fußballspiel der griechischen Nationalmannschaft. Leider ist der Fernsehempfang in einem Schiff auf dem weiten Meer nicht so besonders gut und deshalb hatte der Kapitän kurzerhand entschieden dichter an der Küste entlang zu fahren – halt für die Lebensqualität. Leider hat aber auch aufgrund des Spiels – mit jetzt lohnenswerter Qualität – keiner so richtig aufgepasst und die Fähre ist auf einem Felsvorsprung aufgelaufen. Zwei Stunden später war das Schiff untergegangen und ein Drittel der ca. 1.000 Passagiere ertrunken.

Vielleicht sollte man also doch besser lernen sich gelegentlich zu quälen und temporär darauf zu verzichten sein Leben zu genießen.

Die griechische Mannschaft hatte das Spiel übrigens verloren.

EXAMENSKLAUSUREN

*,Der Wille zur Totalität ist die Tugend
der herrschenden Klasse.'*

Klingt auf den ersten Blick schwer rechtsradikal, ist es aber gar nicht. Der Spruch stammt von *Montesquieu* aus dem Ende des 18. Jahrhunderts. Gemeint ist, dass ein starker Wille Persönlichkeitsvoraussetzung für die Klasse der *Erfolgreichen* ist.

Während der Examensvorbereitung, gerade im Endspurt vor den Klausuren, hatte man ausreichend Gelegenheit, seinen Willen zu testen und hoffentlich schnell zu verbessern. Die Examensvorbereitung ist wie ein 1000-Meter-Lauf. Wenn man konditionell schon nach 600 Metern am Ende ist, muss man die restlichen 400 halt mit entsprechendem Durchhaltewillen meistern. Diese sportliche Erfahrung hatte ich jedenfalls im Sportunterricht während meiner Schulzeit gemacht und der Vergleich passt gut. Wer eine bessere Kondition hat, die 1000 Meter mal so eben aus der Hüfte läuft und den *Palandt* auswendig gelernt hat, der kann gerne dieses Kapitel überspringen.

Für alle anderen ist der feste Wille bei den Klausuren besonders wichtig. Fünf Stunden können ganz schön anstrengend werden. Man sitzt mit 60 anderen Schwitzern in einem

Saal des hübschen 6oer Jahre Verwaltungs-Mief-Bau und schreibt um sein Leben. Wichtig ist, dass man in diesem Moment vom Betreten des Raums an ganz fest an sich glaubt! Die Quoten sind schon vorher ungefähr bekannt, man kann ganz einfach ausrechnen, dass von den anwesenden Leuten im Raum vielleicht 6 (= 10%) ein Vollbefriedigend/Gut machen und mindestens 20 (= min. 33 %) durchfallen. In einer Reihe sitzen 6 Leute, d.h. bestimmt 2 bestehen nicht. Dies ist der Moment im Leben, in dem Überheblichkeit angebracht ist und das geht so: zur Vorbereitung ein gutes Hemd anziehen, keine Unterlagen mehr durchsehen und sich vorsagen ‚ganz locker bleiben, ist ganz easy', in den Raum gehen, vergleichen, zu dem Ergebnis kommen, dass 30% der Leute in alten T-Shirts oder selbstgestrickten Pullis gekommen ist, ‚die können eh nix, sieht man ja gleich!', von den anderen ist die Hälfte richtig aufgeregt nervös und blättert noch mal die neuste NJW durch, schade Leute, so wird das leider nichts. Wenn man das unge-fähr im Kopf herunterbricht, kommt man zu dem Ergebnis ganz locker zu dem besten Drittel der Anwesenden zu gehören. Durchfallen kann man rechnerisch nicht mehr, es geht nur noch um *Befriedigend*, *Vollbefriedigend* oder *Gut*, da kann man doch wirklich entspannt bleiben!

Also ganz ruhig fünf Stunden Klausur schreiben. Montag, Mittwoch, Freitag, Dienstag. Man glaubt gar nicht wie körper-lich anstrengend so etwas ist. Nicht nur, dass einem das hand-schriftliche verfassen von ca. 100 Seiten in anderthalb Wochen im Zeitalter des Computers überaus schwer fällt, die Hand verkrampft und man kann die Schultern nicht mehr bewegen, nein auch die Konzentration an sich ist ein Kraftakt.

Nach etwa der Hälfte der Klausuren (meist nach Straf- und öffentlichem Recht) gab es eine mehrwöchige Pause, bis der zweite Klausurblock (Zivilrecht und zum Beispiel in Berlin auch noch Wahlfach) losging. Für die klugen Planer heißt das tatsächlich zwei halbwegs erholsame Monate. Für den faulen *cand. iur.* (wichtige lateinische Abkürzung für *candidatus iuris* = Jura-Examens-Kandidat; unbedingt merken!), der vor den Klausuren gerade mal so Strafrecht fertig und einen hoffnungsvollen Teil öffentliches Recht gelernt hat, bedeutet diese Zeit jedoch vielmehr puren Jura-Wahn. Lernen von Sonnenaufgang bis zum absoluten körperlichen Ende spät in der Nacht. Nur so lassen sich in dem kurzen Zeitraum ein Jahr Repetitorium und acht zerfeierte Semester Zivilrecht nachholen.

Vorher, nach der letzten Klausur der ersten Halbzeit, muss jedoch ersteinmal traditionell das Bergfest zelebriert werden: einen Döner und einen *Sixer* (6er Pack Bier) auf der Parkbank eingeschlenzt. Auch die mitleidigen und vorwurfsvollen Blicke vorbeikommender Omas mit selbstgehäkelten Handtäschen kann man genießen – als zumindest gefühlt zukünftige geistige Elite.

Die zweite Klausurenhälfte vergeht dann wie im Trauma, kein Schmerz, kaum Leiden.

ORIENTIERUNGSLOSIGKEIT

Nach den Klausuren fällt man in ein großes schwarzes Loch der Orientierungslosigkeit. Diese besteht in der Regel aus zwei Teilen, einem körperlichen und einem geistigen. Der erste Teil beginnt direkt im Anschluss an die letzte Klausur:

Schnell drei lauwarme Dosenbier, allerdings standesgemäß von denen mit dem schicken grünen Segelschiff in der Werbung, in den ausgehungerten, lediglich Dextro-Energen geplagten Magen gekippt; bei brüllender Hitze und in schönster Kulisse, das JPA-Gebäude im Rücken. Das musste sein – Festplatte löschen. Vergessen und verdrängen, dass man in den letzten Wochen (die natürlich die einzig richtig sonnig warmen in diesem Jahr waren) 45 Stunden über Täterschaft und Teilnahme, Bauen im Außenbereich und Verbraucherkaufwiderrufrückabwicklung gebrütet und sich gewundert hatte, in welch kurzer Zeit alles gelernte Wissen spurlos und unbemerkt verschwunden war.

Anschließend ging es weiter mit ein paar kurzen Tequila zum Anstoßen mit den Leidensgenossen (den weißen mit Zitrone und Salz, den braunen mit Orange und Zimt – niemals vertauschen!). Dann wurde umgestiegen auf *Umsteiger* (Whiskey-Cola), *kalte Muschi* (Rotwein-Cola), *Vodka-Ahoi* (Vodka mit *Ahoi-Brause*) und zwischendurch *Kölsch*-Wetttrinken (0,2 l ist ja nix), ein paar Hefeweizen (kribbelt so schön in Dein

Bauchnabel) und zum Abendessen Pils-Suppe (*Becks*, *Jever* oder ein anderes Pils Deines Vertrauens). Spätestens am frühen Abend wäre es eigentlich Zeit für eine feste Mahlzeit gewesen. Zu spät.

Dazu natürlich noch ein paar Kippen. Auch und gerade als Nichtraucher – unbedingt probieren! Ich bin ja eigentlich gegen das Rauchen. Alle meine Freunde, die den Cool-sein-Trend mit 15 mitgemacht haben sind heute schwer süchtig, können nicht mehr ohne, ruinieren sich die Gesundheit, den Geldbeutel und – wenn man der aufgedruckten Antiwerbung Glauben schenken mag – die Potenz. Wer will das schon? Dann doch lieber Party-Raucher. Da hat man wenigstens noch was vom Rausch des Nikotins und ist nicht nur abgehärteter Oral-Ersatzbefriediger. Mein Tipp: alle 3 Bier eine Zigarette. Hervorragende Mischung. Etwas variieren darf man das allerdings sowohl auf dem Oktoberfest (3 Maß pro Kippe ist etwas viel) als auch beim Karneval in Köln (3 Kölsch etwas wenig).

Keine Regel ohne Ausnahme. Die letzte Examensklausur ist so eine berechtigte und berechtigende Ausnahme. Vor dem Zigarettenautomaten ertappte mich meine amateurhafte Unwissenheit. Ich ließ mich von den einfachsten Tricks der Marketingstrategen leiten und kaufte *Davidoff Classic*. Der schicken Packung wegen (die Ecken sind so hübsch abgerundet). Im Laufe des Abends rauchte ich die gesamte Packung. Besser geht es einem als faktischer Nichtraucher wahrscheinlich nur nach einer Packung *Rot Händle* ohne Filter.

Wieder bei Sinnen fand ich mich am nächsten Morgengrauen auf einer Toilette im Keller einer Barfuß-Tanz-Sektendisco wieder.

Der gesamte nächste Tag war natürlich ein Traum. Kleine Engelchen schlugen mit eisernen Vorschlaghämmern auf meine Schläfen. Die Zunge, pelzig wie selten, schien am Gaumen festgenagelt. Wie auch immer ich nach Hause gekommen sein sollte, es lag anscheinend kein *Pizzahut* oder *McDonalds* auf dem Weg. Intuitiv schaffte ich es normalerweise den anschwellenden Kater mit einem Familienmenü salzigem Etwas und einer großen Cola bereits in den Ansätzen niederzukämpfen. Leider nicht diesmal.

An solchen Tagen stellt sich immer die Frage des Griffs nach *Aspirin, Paracetamol, Valium*. Alles Schummel! Wer meint trinken zu können wie ein Großer, der muss auch leiden können wie ein Großer! Sonst merkt man sich das ja nie. Ohne chemische Tricksereien hält das nach so einem Tag obligatorische *»nie wieder Alkohol«* wenigstens einige Wochen. Wochen?

Ein anderes spannendes Nächster-Morgen-Gefühl erreicht man übrigens durch zwei Zigarren, zu viel Whiskey, vorzugsweise billiger Bourbon, und auf dem Heimweg einen großen Döner Kebap, lauwarm, mit sehr viel Knoblauchsauce. Wem das zu viel Aufwand am Vorabend ist, der kann auch morgens, gleich nach dem Aufwachen in zwei Scheiben drei Monate altes, grünschimmelig-pelziges Toastbrot beißen. Fühlt sich auf der Zunge gleich an und erspart einiges an Kopfschmerzen.

Die zweite, mehr mentale Orientierungslosigkeit beginnt, wenn der Kater nachlässt. Nach einigen Monaten intensiver Beziehung zu den Lernskripten hat man plötzlich nichts mehr zu tun. Gar nichts. Leere. Fürs entfernte Mündliche lernen macht jetzt noch keinen Sinn. Man weiß ja noch nicht einmal, ob das Schriftliche bestanden ist.

»Gut«, sagt man sich am ersten nüchternen Morgen, »bleib ich halt im Bett liegen und starr an die Decke«.

Aber auch das funktioniert nicht richtig, möchte jedenfalls das Gemüt nicht richtig erfreuen. Zu sehr ist man noch in dem Trott des frühen Aufstehens und des schlechten Gewissens, noch nicht frühmorgendlichen zum Schreibtisch gesprungen zu sein. Überhaupt, dieses Gewissen, es verfolgt einen ununterbrochen, summt im Hinterkopf »Jura lernen, Jura lernen; du musst Jura lernen«. Stimmt gar nicht mehr, hat das Hirn aber anscheinend noch nicht so schnell mitbekommen.

Man versucht sich also zu erinnern, woraus der Tagesablauf bestand, bevor man mit dem Examenslernen angefangen hat. Feiern – ein naheliegender Anfang. Das hatte schon die Zeit nach dem Abi und die Leere des zweiten Semesters hervorragend überbrückt.

LEBERWERTE

Die Zeit nach den Klausuren war intensiv mit Tendenz exzessiv. Als nun Großer unter den Jura-Studenten, sogenannter *candidatus iuris* war es Pflicht mit stolzgeschwellter Brust den dicken Max zu spielen (sorry, dicker Max...).

In dieser Zeit las ich in einer Ausgabe *Men's Health* oder *GQ* oder war es *Playboy* (bedauerlicherweise hatte ich zeitweilig jeweils ein 2-Jahres-Abo, weil ich mal wieder auf den Trick reingefallen war ein dreimonatiges Probeabo der angepriesenen Billigtaschenmesser-Prämie wegen abzuschließen und anschließend das Kündigen verschwitzt hatte), dass man als Mann Mitte 20 ein bisschen auf seine Gesundheit achten und ein großes Blutbild machen lassen sollte. Das überzeugte mich, hatte ich doch meine Gesundheit seit der letzten Stunde Schulsport vor einigen Jahren etwas vernachlässigt. Ich ging also zur Ärztin meines Vertrauens und bat um ein Blutbild. Ihre Antwort, wenige Sekunden nachdem ich das Sprechzimmer betrat, überraschte mich:

»Kommen Sie nächste Woche Montag um 9 Uhr morgens ‚nüchtern' wieder.«

»Okay«, merkte man mir meinen Lebensstil mit einem Mindestmaß an Fachkunde etwa schon ohne Laborwerte an? Aufklärung und Erleichterung verschaffte mir wenig später ein befreundeter Medizinstudent, der mir erklärte, dass ‚nüchtern' unter Medizinern auch ‚mit leerem Magen', d.h. ohne Frühstück bedeutete.

Vorsichtshalber kam ich am betreffenden Tag nüchtern in jeglicher Hinsicht. Enttäuschender Weise war Blutabnehmen wohl keine Chef(in)sache, sondern fiel in den Tätigkeitsbereich der 3 Zentner schweren Assistentin. Das war mir aber letztlich auch völlig gleichgültig, denn Blutabnehmen ist fast so eine Qual wie Ö-Recht-Examensklausur schreiben. Ich kann Blut nicht sehen. Meine letzte Erfahrung mit Blutabnehmen lag noch nicht allzu weit zurück. Damals war ich mit meinem Hund beim Tierarzt zum Impfen und Blutabnehmen – und bin prompt ohnmächtig geworden. Mein Hund war durch den Knall meines Hinterkopfes gegen den Türrahmen ganz schön erschrocken. Ebenso wie die drei Assistentinnen, die besorgt über mir knieten als ich wieder zu mir kam. Die wirklich letzte Bestätigung, dass ich kein Blut sehen konnte, erfuhr ich eines nachts. Durch einen anscheinend wilden Traum beunruhigt schlug ich aus Versehen meiner Bettnachbarin mit dem Ellenbogen auf den Nasenrücken. Das kann ganz schön bluten. Unfähig, den kreisenden Sternen vor Augen und dem Schwindelgefühl zu trotzen, musste mir anschließend mehr geholfen werden als ihr...

Eine Woche nach meiner heldenhaften Blutabnahme kam der Anruf, jetzt wieder – wahrscheinlich aus Gebühren-Abrechnungs-Gründen – Chefsache:

»Zunächst eine gute Nachricht, *HIV* negativ. Aber die Leberwerte... Und die Nierenwerte könnten auch ein bisschen Zurückhaltung beim Fast Food vertragen.«

»Hab' am Vorabend ein Bier getrunken und war bei *McDonalds*,« log ich, »kann das daran liegen?«

Sie verordnete mir mindestens zwei Monate Abstinenz, mehr Mineralwasser und Salat, sowie kleine grüne Pillen nach dem Essen. Zwei Monate zur Genesung war ja dann doch noch eine positiv bewertbare Aussicht. Besser als rauchen, das benötigt 7 Jahre bis zur Regeneration – wenn man so lange überhaupt noch lebt, nach dem zweiten Herzinfarkt, dem Zeitpunkt, an dem der durchschnittliche Nikotin-Junkie das erste Mal ernsthaft ans Aufhören denkt. Auch besser als die Midlife-Crises-Blutwerte eines guten Freundes von mir (anscheinend auch *GQ, Men's Health* oder was auch immer Leser):

»Von ihren Cholesterin-Werten könnten zwei Sumoringer ein Jahr satt werden!«

Ich hoffe jedoch in diesem Zusammenhang nicht, dass bisher im Laufe des Buches im werten Leser der Verdacht aufflammte der Autor und seine Kumpanen würden von Willensschwäche getrieben gelegentlich übermäßig und unkontrolliert dem Weine und Spirituosen zusprechen. Dem muss entschieden und mit aller Deutlichkeit widersprochen werden! Der aufmerksame Leser wird bemerkt haben, dass Alkohol bisher nur und ausschließlich im Zusammenhang mit freudiger und geselliger Feierei auftauchte – zur Lockerung der Atmosphäre und als Ausdruck der guten Stimmung. Das Teuflische am Alkohol hat erst dann Besitz von Körper und vor allem Geiste ergriffen, wenn man beginnt alleine, oder schlimmer noch, aus Frust zur Flasche zu greifen. Alkohol ist keine Lösung! Ob Alkohol ein persönliches Problem ist oder nicht, lässt sich ganz einfach herausfinden: einen Monat keinen Schluck trinken. Es ist in der heutigen Gesellschaft zwar mitunter schwer zu entsagen und man wird zum Teil nach der vierten Cola in der Bar äußerst skeptisch beäugt, doch es beweist die eigene Willensstärke und widerlegt den Suchtverdacht. Jeder Leser, der moralisch drohend, zumindest gedanklich, den rechten Zeigefinger über das eine oder andere Kapitel erhoben hat, sollte sich an seiner eigenen Nase fassen und versuchen, den letzten Monat ohne Alkohol zu erinnern.

Es sei gesagt: Der Autor kann es – mehrfach erprobt!

KLAUSURERGEBNISSE UND
MÜNDLICHE PRÜFUNG

Zwischen den Klausuren und der mündlichen Prüfung liegen mehrere Monate. Monate, die größtenteils lernfrei sind. Zwar kommt irgendwann der Punkt, an dem wieder einmal das Gewissen zurück an den Schreibtisch drängt, erstaunlicherweise oftmals Montag Morgen. Doch schon nach wenigen Stunden starren Blickes auf das Skript *Zivilrecht Basics* – wieder kein Wort verstanden und noch immer auf Seite 3 – leitet man erneut das Wochenende ein. Gute Vorsätze lassen sich ohnehin am besten umsetzen, wenn der betreffende Zeitpunkt auf einen Montag fällt, der gleichzeitig auch Monatserster ist. Ganz große Projekte sollte man daher am Montag, den 1. Januar beginnen. Zum Beispiel am Montag, den 1. Januar 2007. Am 1. Januar 2018 besteht noch einmal eine gute Chance. Vorausgesetzt das vorhergehende Silvesterfest war nicht zu intensiv.

Richtig drängend wird es erst, wenn die Klausurergebnisse raus sind und später noch die Ladungen für die mündliche Prüfung verschickt werden.

Klausurergebnisse nachsehen ist überhaupt ein Spaß. Am betreffenden Tag fährt man mit zittrigen Knien zum Justizprüfungsamt, erklimmt die Stufen bis zum Aushang – insbesondere am letzten Treppenabsatz scheinen die Kräfte gewichen zu sein und in blauem Nebeldunst ziehen die Schleier der letzten Jahre an einem vorbei. Anschließend durch die Gruppe heulender Mitkandidaten gekämpft und schon steht man vor amtlich-grauen Tabellen mit Zahlenkolonnen in 4-Punkt-Schrift. Namen stehen natürlich aus Datenschutzgründen im Klartext nicht drauf, sondern nur das Aktenzeichen. Also noch mal zurück nach Hause, Leitz-Ordner aus den Regalen gerissen – nichts. Altpapier durchgewühlt – und zwischen alten Pizzakartons fündig geworden, das Ladungsschreiben mit Aktenzeichen. Zum Glück seit sechs Monaten den Müll nicht mehr rausgebracht...

Noch einmal zurück zum JPA, wieder mit den letzten Stufen gekämpft, Mitkandidatinnen mit Nervenzusammenbruch ignoriert und »lieber Gott, bitte nicht durchgefallen sein; 4 gewinnt; das ist doch nicht zuviel verlangt« vor sich hinge-murmelt. Die Stunde der Wahrheit. Hat das Schicksal Mitleid gehabt? Haben sich die dunklen Leidensstunden vor den Büchern gelohnt? Oder wurde die doch nicht ausgleichbare Faulheit der ersten Jahre gnadenlos abgestraft?

Besonders spannend wird die Situation dadurch, dass keine halbwegs verlässlichen Einschätzungen vorliegen. Es ist das erste Examen, erster Versuch, da fehlt jede Vergleichsmög-lichkeit. Abitur, Scheinklausuren und Übungsklausuren sind eine ganz andere Liga.

Auch der Herr Präsident des Justizprüfungsamtes, der alte Sadist scheint Freude an Examensergebnistagen zu haben. Selbst mit Aktenzeichen lässt sich natürlich nicht gleich he-rausfinden ob man bestanden hat oder nicht. Kein Gesamter-gebnis, kein Durchschnitt, sondern nur die einzelnen Klausurergebnisse stehen da mit verbrauchtem Kopierertoner dunkelgrau auf hellgrauem Grund gedruckt. Dazu erwischt es einen in bester Kopfrechenverfassung. Wer schon in der Schule das Spiel *Rechenkönig* nicht mochte, kann hier seine absolute Frustration erfahren. Neun Zahlen zusammenrechnen und dann durch neun teilen ist ein Spaß. Wahrscheinlich lugt der wehrte Herr Präsident durchs gegenüberliegende Schlüsselloch schadenfreudig aufs Spektakel.

Mich hatte es überraschenderweise nicht übel erwischt. Im Gegenteil: Strafrecht 3 und 7, Ö-Recht 6 und 9, Zivilrecht 8, 9 und 10 und Wahlfach Familien- und Erbrecht sagenhafte 10 und 13. Schnitt 8,33 Punkte. Uuuunglaublich! Das musste um 11 Uhr morgens erst mal mit einer Kiste Bier vor der Uni gefeiert werden.

Nach dem zweiten Morgenbier eroberten Zweifel die Aufmerksamkeit zurück. Hatte ich mich vielleicht doch in der Zeile vertan, zwei Ziffern im Aktenzeichen verdreht? Es folgte *JPA die Dritte* an diesem sonnigen Morgen. Noch immer fast unerklimmbare Stufen, noch mehr verzweifelte Gestalten vor der Tür, doch das Ergebnis stimmte.

Durchfallen war bereits unmöglich, selbst ohne mündliche Prüfung. Im Gegenteil, die magische 9, das *Vollbefriedigend* (im Fachjargon einfach *VB*), des Juristens Traum, schien zum Greifen nahe. Vom eigenen Können beflügelt, stürzte ich mich die letzten zwei Wochen vor der mündlichen Prüfung noch einmal ins selbstmörderische Lernen. 160 Nettostunden lernen in 14 Tagen. Da wird selbst jeder Großkanzlei-Anwalt blass.

Angespornt hatte ich mich und meine Daumen-Drück-Fraktion mit der Ansage:

»Wird es ein VB, gehen wir richtig feiern und der Abend geht auf meine *VISA*-Karte!«

Die mündliche Prüfung selbst lief ebenfalls erfolgreich und auch viel entspannter als erwartet. Der Trick ist eigentlich nur, ganz wissend zu gucken und sofort loszuquatschen, wenn man gefragt wird. Wer stottert, blättert und betreten wegsieht hat verloren. Es ist *Showtime*. Von den vier Prüfern haben ohnehin drei fachlich bei der jeweiligen Prüfung keine Ahnung und können nur die Souveränität beurteilen. Der Fachprüfer weiß ebenfalls nicht alle *BGH*-Urteile, geschweige denn Lehr- und vertretbare Mindermeinungen auswendig. Wenn der Kandidat daher nicht auf den ersten Blick schwachsinnigen und widersprüchlichen Quark von sich gibt ist die Leistung schwer zu beurteilen, zumindest unmöglich negativer als *befriedigend*.

Nicht zu unterschätzen ist jedoch auch hier die körperliche Anstrengung. Eine mündliche Prüfung in allen Fächern zieht sich gerne bis in den Nachmittag hinein. Stundenlange Höchstkonzentration wird erwartet und auch benötigt. Dopingkontrollen hingegen gibt es noch nicht. Mein Tipp: *Red Bull*. Die verliehenen Flügel braucht man zwar nicht, aber ein hoher Taurin-Wert im Blut lässt auch spontane Juraeinfälle fliegen und hilft über Ö-Recht die Augen offen zu halten. Allerdings bitte nicht das billige, wassergepanschte, Bundesgesundheitsministerium-entschärfte deutsche *Red Bull* und erst recht nicht den erbeersüßen *Lidl*-Nachahmer. Es muss schon das echte österreichische sein. Bei meinem letzten Promotions-Job (Kondome auf der *Love-Parade* verteilen) hatte sich zufällig – und passender Weise – eine ganze Palette dieser Gummibärchen-Suppe (neben einem Karton *London gefühlsecht*, man lernt dazu) aus dem Materiallager in meinen Rucksack verirrt. Der Schlachtplan sah alle 50 Minuten eine Dose *Red Bull* vor, jeweils nach einem überstandenem Fach. So sollte es dann auch sein. Den ersten Liter *Red Bull* hatte ich demnach schon vor der Notenverkündung verdrückt. Der zweite Liter folgte – verdünnt mit einer Flasche *Absolut-Vodka* – bis zum frühen Abend.

Dies sah der Schlachtplan nicht vor. Man sollte sich allerdings ab und zu an die Planung halten. Mir ging es zwar am Abend nicht schlecht, im Gegenteil, wir haben gefeiert, wie es besser auch auf *Speed* kaum sein dürfte. Die Überraschung kam am nächsten Morgen und am übernächsten und am überübernächsten. Ich stand jeweils zwei Stunden nach dem Einschlafen hellwach, völlig aufgedreht und mit glasigem Blick im Bett und konnte nicht mehr einschlafen. Merkwürdiges Zeug. Allerdings magenfreundlicher als beispielsweise *Vodka-Orange*. Nach zwei Liter Orangensaft und entsprechendem Alkohol kann man sich darauf verlassen am nächsten Morgen mit Sicherheit eine kleine Sodbrennerei aufmachen zu können.

Dennoch hatte ich mich schneller wieder erholt als meine großmundig geopferte *VISA*-Karte.

DAS LEBEN DANACH…

Mit dem hochachtungsvoll gesiegelten Examenszeugnis – aus Gründen der öffentlichen Mittelknappheit nicht postalisch zugesandt, sondern eine Woche nach bestandener mündlicher Prüfung zur Abholung bereitliegend – war es dann offiziell. Nicht auf üblichem, grauem Ökopapier, sondern auf hochweißer Pappe: ,*Vollbefriedigend*' (in der juristischen Fachsprache auch ,**PRÄDIKATSEXAMEN**'). Hatte es sich also doch gelohnt in den letzten Monaten gefühlt und wahrscheinlich auch äußerlich um Jahre gealtert zu sein.

Aber egal ob mit Prädikatsexamen oder ohne. Das Leben geht weiter. Und zwar als Jurist. Eine ganz neuer Lebensabschnitt. Vielleicht beginnt dieser zunächst mit einem Praktikum, einer Promotion oder einem Auslands-LLM-Studium. Wahrscheinlich jedoch steht in absehbarer Zeit das Referendariat mit anschließendem – genau – *Zweiten Examen* an.

Nach dem Examen ist also wieder vor dem Examen. Weil es so schön war. Aber vorerst könnte man zusammenfassend sagen:

Geschafft, das Examen, das Diplom der Juristerei, der Schlüssel für das weitere Leben lag in meinen 24 Jahre alten Händen. Nach 5 Jahren… Endlich…

ANHANG: BUNDESWEHR

Wie ich mich erfolgreich vor Bund und Zivildienst gedrückt habe? Eigentlich sollte ich das nicht so frei erzählen, mindestens ein ordentliches Beratungshonorar dafür nehmen. Nunja, das meiste dürfte mittlerweile verjährt sein und vorsorglich berufe ich mich ausdrücklich auf die künstlerische Freiheit des Literaten.

Eines schönen Sommertages kurz vor meinem 18. Geburtstag, ich hatte gerade die letzten beiden Stunden Mathematik geschwänzt, fand ich einen Umschlag aus schmuckestem beamtengrauem Umweltpapier vom *Kreiswehrersatzamt* im Briefkasten: Erfassungsbogen. Man wollte Alter, persönliche Daten und auch Schulklasse (nebst Schulbescheinigung) wissen um mir einen optimalen Musterungs- und Einberufungstermin vorzuschlagen. Toller Service!

Allerdings hatte ich wenig Bedarf.

Ebensowenig hatte ich einen Plan, jedoch eine spontane Idee. Ich ging also zur *sexiest Frau alive* – unserer Anfang 60 jährigen, deutlich älter aussehenden Schulsekretärin Frau U. Müller, nein nennen wir sie aus Datenschutzgründen lieber Ullrike M. – und bat sie allerhöflichst umschmeichelnd um Ausstellung einer Schulbescheinigung. Ich sagte ihr meine Daten an und ohne Stottern und ohne Zögern versetzte ich mich eine Klasse zurück, 12 statt 13. So war schon mal das erste Jahr Bedenkzeit gewonnen, denn natürlich zog die Bundeswehr mich nicht kurz vor meinem angeblichen Abitermin.

Bis zum 25. bzw. in Fällen der Zurückstellung 28. Geburtstag, der Altersgrenze der Wehrdiensttauglichkeit, war es jedoch noch immer ein weiter Weg, der überbrückt werden wollte.

Zunächst verzögerte ich einige Monate mit der ganz plumpen Art, einfach alle Briefe ungelesen wegzuwerfen, die vom Kreiswehrersatzamt kamen. Auf dem Postwege leider verloren gegangen. Ist schon ein Ding, wie unzuverlässig die Post heutzutage ist. Irgendwann kamen die Briefe mit den Musterungsterminen dann per Einschreiben. Etwa im 3 bis 6 Monatstakt. Leider kam mir immer etwas dazwischen. Entweder ich musste spontan einen Krankenbesuch bei meiner schwerkranken Großmutter im Ruhrgebiet machen oder ich hatte mich leider dermaßen erkältet, dass ich laut hausärztlichem Attest temporär musterungsunfähig war.

Nach einiger Zeit hatten die Beamten mit den grauen Briefen meine Taktik wohl durchschaut. Sie luden mich nicht mehr nur zu einem bestimmten Termin sondern schlugen mir einen Zeitraum von mehreren Wochen vor in dem ich zur Musterung erscheinen sollte, wann immer es mir passen würde.

Noch immer hatte ich keinen richtig nachhaltigen Plan. Also war es wieder an der Zeit, etwas Zeit zu gewinnen. Ich buchte einen Flug nach London und ließ mir Hin- und Rückflug auf zwei verschiedenen Tickets ausstellen. Aus London schickte ich dann einen Brief ans Kreiswehrersatzamt, dass ich dort für ein halbes Jahr einen Au-Pair-Aufenthalt verbringen würde. Als Nachweis fügte ich mein Hinflugticket und einen selbst aufgesetzten Brief meiner Gastfamilie (mit Anschrift einer

Jugendherberge) bei. Zwei Tage später flog ich mit meinem Rückflugticket seelenruhig wieder zurück.

Ich hatte demnach wieder mal ein halbes Jahr für einen Schlachtplan gewonnen. Aufgrund verschiedener Erfahrungsberichte versuchte ich mich zunächst auf die gesundheitliche Schiene zu konzentrieren: zunächst zu drei Orthopäden bis einer sich erbarmte meine schiefe Wirbelsäule zu erkennen.

Anschließend zum Allergologen. Lebensmittel- und Gewächsallergien sollen gut helfen. Der Feldküchenchef will ja nicht für jeden Gefreiten ein Extra-Süppchen kochen müssen. Ebensowenig hat der Übungsleiter Zeit und Muße für jeden Soldaten ein gesondertes Übungsgelände zusammenzustellen, abhängig von der Nähe der blühenden Weizenfelder und der aktuellen Windrichtung. Ich ließ also diese kleinen Ritzeleien an meinem Unterarm über mich ergehen, in die der Arzt anschließend verschiedene Tinkturen tropfte und auf meine Hautreaktion wartete. Das Ergebnis war nicht sonderlich Anlass zum Jubel: etwas Reaktion auf Grüner Apfel, Katze und Gräser. Insbesondere *Katze* schien mir kein guter Ausmusterungsgrund. Vorsorglich entschied ich mich noch für einen Asthma-Test. In einem Aquarium-ähnlichen Glaskasten sitzend muss man zunächst irgend ein Gas einatmen und anschließend in ein Messgerät pusten, was die Lunge hergibt. Vergleichbar mit einer polizeilichen Alkoholkontrolle. Leider jedoch präziser. Während bei der letzten Polizeikontrolle das Röhrchen 0,00 Promille anzeigte, obwohl ich die gerade geleerte Bierdose nur knapp auf den Rücksitz werfen konnte, merkte die Maschine sofort, dass ich nicht wirklich vollkommen ausgeatmet hatte. Die liebe Schwester vermerkte dies auch prompt auf meinem Protokoll. Die Allergologen-Trumph-Karte versprach also wenig hilfreich zu sein.

Als ich dann schlussendlich der Musterung (mittlerweile hatte man mir einen Zeitraum von 4 Monaten, Montag bis Freitag beliebig als Musterungstermin zugebilligt) nicht mehr entgehen konnte, beeindruckte meine medizinischen Akte den Musterungsarzt wenig. Auch meine sonstige Unkooperativität ‚kein Urin' und ‚Rektal- und Genitalinspektion verweigert' half nicht. Das Ergebnis war die unterste, noch ausreichende Tauglichkeitsstufe mit Einschränkungen für die Grundausbildung, trotz meines letzten revolutionären Aufbäumens beim Hörtest:

‚beep' ‚beep'

»Hören Sie etwas?«

»Nein.«

‚BeeP' ‚BeeP' ‚BeeP'

»Jetzt?«

»Nein.«

‚BEEP' ‚BEEP' ‚BEEP' ‚BEEP' Dröhn!

»Und nun?«

»Nichts!«

Auf meinem Tauglichkeitsbescheid war lediglich vermerkt, dass ich als Funker eher ungeeignet sei.

Meine Nachforschungen haben ergeben, dass es ohnehin fast unmöglich ist, aus gesundheitlichen Gründen ausgemustert zu werden. Ein Freund von mir hatte seine Krankenakte sehr aufwendig und ausführlich über Jahre vorbereitet und musste trotzdem zum Bund. Er durfte zwar weder ins freie Gelände, noch mit den meisten Waffen schießen, absolvierte jedoch seine Übungen in einer Turnhalle und musste ‚BUMM' rufen – bei jedem Schuss ohne Munition.

Wenigstens erkannte der anschließende Sachbearbeiter – wahrscheinlich anhand meiner mittlerweile Leitz-Ordnerdicken Akte, dass ich nicht so heiß auf ein Jahr Bundeswehr war und schlug mir vor gleich vor Ort den Antrag auf Zurückstellung zu stellen. Dies war möglich, weil ich bereits ein Drittel der Regelstudienzeit meines Jura-Studiums absolviert hatte und die Verwaltungsvorschriften vorsahen keine Leute einzuziehen, die sich bereits im zweiten Drittel ihrer Ausbildung befanden. Obwohl sich laut Akte ein Widerspruch zwischen dem Ende der Schulzeit und der aktuellen Studiendauer ergab (merkwürdig!), bewilligte der Feierabend-müde Beamte meine Zurückstellung noch vor Ort. Ich hatte wieder zwei Jahre gewonnen. Die Kehrseite der Zurückstellung war allerdings, dass sich meine Altersgrenze von 25 auf 28 erhöhte.

Je mehr sich das Studium dem Ende neigte, desto intensiver wurden wieder die Briefe des Kreiswehrersatzamtes. Man wollte wissen, wann ich für die Bundeswehr zur Verfügung stünde. Ich meldete mich also (trotz Prädikatsexamen) erneut zum Examen an, zwecks offiziellem Verbesserungsversuch. Natürlich zum spätmöglichsten Versuch.

Parallel hatte ich meinen Kriegsdienstverweigerungsantrag eingereicht. Verweigerung des Dienstes an der Waffe aus Gewissensgründen und tiefster Überzeugung. Natürlich teilte ich nicht mit, dass ich bereits mit sieben Jahren ein anschauliches Arsenal an Spielzeugpistolen besaß. Noch heute kann ich mir, zum Beispiel beim Tontaubenschießen, das Schmunzeln im Hinblick auf meine damalige Begründung kaum verkneifen. Der Antrag wurde jedoch nach zweimaliger Nachbegründungsauflage letztlich bewilligt.

Zivildienst erschien mir bei weitem geruhsamer als Bundeswehr. Insbesondere war ich nicht so sonderlich erpicht, gegenüber irgendwelchen Waffenfanatikern Gehorsam zu üben. Ganz besonders geruhsam stellte ich mir vor, den Zivildienst bei meinem eigenen gemeinnützigen Verein zu absolvieren. Warum eigentlich nicht? Einfach einen Verein gründen, die Gemeinnützigkeit erreichen und Zivildienstplätze einrichten.

Zusammen mit sechs (verwunderten) Bekannten, denn man braucht sieben Mitglieder für die Gründung eines gemeinnützigen Vereins, gründete ich den ‚Wasser-Ratte – Renaturierung Berlin und Brandenburg e.V.'

Leider hatte ich nicht beachtet, dass man nicht gleichzeitig Zivildienstleistender und Vorstandsvorsitzender in dem gleichen Verein sein konnte. Das erkennt die Zivildienstverwaltungsbehörde üblicherweise nicht an. Weiterhin werden Zivildienstplätze in einem Umweltverein nur äußerst selten genehmigt. Beliebter sind soziale Einrichtungen.

Kein Problem. Ich gründete den gemeinnützigen ‚Oma Trine – Telefonseelsorge für konfessionslose Rentner e.V.' und leitete die auf der Hotline ankommenden Anrufe unbemerkt per ISDN-Anlage auf mein Handy um. Diesmal war ich im Hintergrund geblieben und hatte alles über einen Strohmann abgewickelt.

Am Ende ist es fast bedauerlich, dass es ich diese doch wohl geniale Idee nicht mehr bis zum Ende durchführen konnte. Denn kurz nach dem Verbesserungsversuch des Ersten Examens und einem weiteren Wohnortwechsel hatte das Kreiswehrersatzamt es aufgegeben und meine Akte als wahrscheinlich hoffnungslosen Fall abgelegt. Eventuell ist auch mein Sachbearbeiter gestorben oder in Pension gegangen und der Nachfolger hat sich an das *Gürteltier* nicht herangetraut.

Gürteltier nennt man in der Verwaltungssprache eine Akte, die nicht mehr von alleine zusammenhält, sondern mit einem

Riemen zusammengehalten werden muss — ja so spannend und lehrreich kann die Verwaltungsstation im Referendariat werden...

DER AUTOR

Daniel wurde 1977 im Südwesten Berlins geboren. Er studierte Jura an der Freien Universität in Berlin, wo er auch das erste und zweite (Prädikats-)Examen absolvierte. Promotion zum Doctor iuris, Graduation zum Magister Legum und Referendariat verschlugen ihn anschließend quer durch Deutschland, Österreich, Australien und Neuseeland, bevor er in seine Heimatstadt Berlin zurückkehrte.

Heute lebt er in der City-West und arbeitet als Rechtsanwalt in einer dieser Law-Firms am Gendarmenmarkt, dem alten neuen Herzen Berlins. Daniel ist virtuell unter **WWW.PRAEDIKATSEXAMEN.DE** zu Hause und über **daniel@praedikatsexamen.de** erreichbar.